画游巴黎

TOUR & PAINT PARIS

易平凡 ◎ 著

成都时代出版社
CHENGDU TIMES PRESS

目 录 CONTENTS

001 / Day 1 乘火车从法兰克福前往巴黎，入住第十四区，第十三区购物

008 / Day 2 玛摩丹美术馆，大皇宫观展"耀眼威尼斯"

013 / Day 3 卢浮宫

022 / Day 4 巴黎郊区学生别墅做客

028 / Day 5 蒙马特高地，圣心大教堂，小丘广场（艺术家广场），红磨坊，达利美术馆，战神广场，埃菲尔铁塔，香格里拉大酒店

041 / Day 6 巴黎艺术之旅——第四区"国际艺术中心"，第十三区新区"艺术孵化园"，第一区艺术中心"59 Rivoli"，圣路易皇宫，司法宫，古监狱

050 / Day 7 巴黎市政厅，塞纳河，艺术桥（爱情锁桥），卢浮宫杜乐丽花园，协和广场，方尖碑，香榭丽舍大道

060 / Day 8 橘园美术馆，奥赛博物馆

067 / Day 9 第十三区购物，闲逛，瓷器商店，罗丹博物馆，登顶大凯旋门观巴黎夜景，亲临巴黎和会100周年盛典

075 / Day 10 凡尔赛宫

082 / Day 11 奥赛博物馆，橘园美术馆，罗丹博物馆

087 / Day 12　卢浮宫，蓬皮杜艺术中心，登顶巴黎圣母院，登顶大凯旋门，赏巴黎夜景

095 / Day 13　大皇宫，小皇宫，毕加索美术馆，时装店购物

102 / Day 14　雅克马尔·安德烈博物馆及"卡拉瓦乔特展"，法国国家图书馆

111 / Day 15　贝尔西公园，贝尔西电影院，雪铁龙公园

116 / Day 16　卢森堡公园，先贤祠

123 / Day 17　旺夫跳蚤市场，第十二区逛街，城市森林公园

130 / Day 18　圣图安跳蚤市场，老佛爷百货购物，观歌剧院外景

135 / Day 19　巴士底广场，雨果之家，旺多姆广场，市中心逛街

141 / Day 20　参观巴黎歌剧院，巴黎三大，巴黎六大，巴黎大清真寺，天演大博物馆

149 / Day 21　让·雅克·亨纳博物馆看"红发女郎"特展，民族广场

154 / Day 22　乘火车从巴黎返回法兰克福，结束巴黎之行

160 / **巴漂完结篇**　巴黎吃、住、行及博物馆游览攻略

巴漂首日　　1月10日

上午 8：56 在法兰克福总火车站乘坐 ICE9556，经凯撒斯劳滕、吕德斯海姆，预计 12：58 到达巴黎火车东站。

欧洲高速列车提供免费 Wi-Fi，我和严先生各自在 iPad、iPhone 上忙乎着。车厢舒适明亮，旅客很少，到处静悄悄的。突然，严先生低低一声："看，下雪了！"只见车窗外白雪皑皑，空中雪花飞舞。成都人难得见大雪，十年八年飘一点零星小雪，就兴奋得大喊"下雪了"。此时，尽管身处车内，见到大地白茫茫一片，我们仍然兴奋地又是拍照片又是录视频，立即发到微信朋友圈炫耀，也正好告知朋友们，我们的"巴漂"开始了。

列车过了吕德斯海姆，已经晚点约半小时。我们注意到车内的显示屏幕，时速一会儿 330 千米/小时，一会儿 320 千米/小时……最高时速达到 350 千米/小时。我们猜想是不是列车晚点了，需要加速抢回一些时间？后来发现并非如此，列车到达巴黎东站时，仍然是晚点半小时。

○ 巴黎街景

● 巴黎第十四区街中心狮子雕塑

我们的第一套民宿公寓位于第十四区区中心,从火车东站乘地铁4号线,约30分,顺利到达丹弗尔·罗什露站。出了地铁迎面就是一个中心广场,广场中央矗立着一座铜狮子雕像。2003年上映的由阿涅斯·瓦尔达执导的法国短片《飞逝的狮子》就拍摄于巴黎第十四区,情节就是围绕这尊铜狮子雕像展开的。这尊铜狮子雕像见证了每日从广场经过的人们的种种活动。影片中的铜狮子雕像既是法兰西民族守卫的象征,也是巴黎市民约会碰头的地点。

● 塞纳河畔

● 民宿地外的街景

一放下行李箱，我们就迫不及待出门去逛街。公寓大门外是一条热闹非凡的小街市，从街边小吃摊到法式餐厅，从法棍面包到日本寿司，从土耳其锅摊煎饼到法国烤鸡烤鹅，应有尽有。鲜鱼店里各种稀奇古怪的河鱼海鱼，看得人眼花缭乱。街两旁小店一个接一个，从古旧家具到租房售楼中介商铺，从油画装裱店到蔬菜水果超市，一个都不少。虽然圣诞已经过去数日了，仍可见街边店前彩灯装饰的圣诞树。

到巴黎第一日，我们没有安排任何参观项目。首先是熟悉环境，因为我们接下来要在此度过10个夜晚。其次是购买各种生熟食品。来巴黎前，我们已经在网上查好了信息，从丹弗尔·罗什露乘地铁6号线，可以到达位于第十三区的意大利广场，那里有一个巴黎最大的华人超市——陈氏商城。据介绍，陈氏商城隶属于法国陈氏兄弟公司，法国陈氏兄弟公司创建于1976年，是当今西欧最大的华商企业。我们乘地铁来到第十三区陈氏商城，先吃了中餐，然后买米、买肉、买蔬菜，还有做菜的小米辣、生抽等调料。回家路过法国连锁超市家乐福，又买了早餐吃的牛奶、面包，以及蔬菜、肉类等等。

吃过晚餐出门溜达，街上霓虹闪烁、人来人往，热闹非凡，这里太适合喜欢夜生活的年轻人了。

巴漂第 2 日　1月11日

今日正式开始实施我的"巴漂计划"。巴黎对于我来说并不陌生，2001 年夏天，由我带队的教育代表团到访过巴黎。其后，我又四次专程来巴黎玩，国人耳熟能详的打卡景点如巴黎圣母院、卢浮宫、凡尔赛宫、埃菲尔铁塔……已经参观数次了。本次来巴黎的主要目的，除了深入了解巴黎的人文景观、风土人情外，就是看画赏画、习画绘画，算是一个绘画学习之旅。

今日第一个主题是心心念念已久的玛摩丹美术馆！虽说前前后后来巴黎五次之多，玛摩丹美术馆还是第一次被列入参观项目。其实，早在我 2015 年下半年开始作画之时，就一直在谋划巴黎玛摩丹美术馆之行，但总是因为这样那样的原因失之交臂。

一早出门，搭乘地铁到位于巴黎第十六区的玛摩丹美术馆。该馆主要藏品是我最喜欢的印象派大师莫奈的作品，当年莫奈的儿子把莫奈故居里的画悉数捐献给了此博物馆。玛摩丹馆藏超过 300 件印象派和后印象派作品，除了莫奈的还有马奈、雷诺阿、毕沙罗、高更等印象派大师作品，以及野兽派开山鼻祖马蒂斯、点彩画创始人修拉和西涅克的作品。此外，还有丹尼尔·威尔顿斯坦收藏的泥金装饰手抄本，拿破仑时代艺术品、家具，以及意大利和弗拉芒画派的绘画。

○ 夜幕下的埃菲尔铁塔

说到印象派，就不得不说莫奈那幅对于印象画派来说堪称奠基之作的《印象·日出》，该画就被收藏于玛摩丹美术馆。莫奈的《郁金香花田》，缤纷的郁金香花田上一座风车，色彩明快，站在画前，仿佛身临其境。许许多多的《睡莲》，一幅接着一幅，早中晚各个时段各种光线下的睡莲形态、光影效果在大师的笔下生动呈现，美不胜收！

环顾四周，观展的大多为西方人，上了年纪的居多，年轻一点的有几个韩国人，国人模样的只有我们。馆里没有咖啡厅，更没有小卖部。将近下午两点，我们又饥又渴，不得已离开展馆，出门解决午餐。真是很不舍，应该留一天时间参观。

　　吃过午餐，我们来到位于市中心的巴黎大皇宫。大皇宫建筑本身就是一个巨大的艺术品，它是 1900 年巴黎世博会的主场馆，是电影《谍中谍 6》中

● 大皇宫

阿汤哥高空跳伞降落的地方、《神奇动物在哪里》中法国魔法部的灵感来源、一年一度巴黎春季时装秀香奈儿新品发布会的主场……这里也是各种大型艺术博览会举办的场地,定期举办各式各样来自世界各地的艺术展览。

今日,大皇宫正在举行三个大型展览——"耀眼威尼斯""胡安·米诺大型回顾展",以及"墙上的迈克尔·杰克逊"。我们选择观看"耀眼威尼斯",18世纪威尼斯视觉艺术、装饰艺术、音乐和歌剧领域的辉煌成就在这里得到充分的展示。威尼斯独特的城市风貌、历史、建筑、生活方式等元素被艺术

家们以各种方式精彩呈现。威尼斯的画家们用欢乐、狂热、充满激情的笔触描绘出他们所置身的色彩明丽的威尼斯世界。甚至,许多宗教题材的美术作品里也出现了浓郁的世俗化色彩,画面追求欢快、激情和狂热,而圣母和天使,往往是一些穿着华丽、肌肤圆润的上层阶级妇女形象。我想,这样的绘画风格只能产生于文艺复兴之后。直到下午 6 时闭馆,我们才意犹未尽地告别大皇宫。

出了大门,只见大皇宫外一圈一辆接一辆的警车,警察三五一队,或站立或走动……我们突然意识到,喔,明天就是周六,看来久闻大名的巴黎"黄马甲"们又要出动了,些许忐忑涌上心头……

○ 巴黎一隅

巴漂第 3 日　1月12日

近一个月来，巴黎"黄马甲运动"风起云涌，世界各国人民议论纷纷。我们动身前，女儿女婿一再叮嘱：周末千万不要前往市中心！！昨日从大皇宫出来时就看见四周警察聚集，警车一辆接一辆，大有山雨欲来风满楼的意味。所以，今日计划整日待在卢浮宫。

今天，按既定方针，我们一早出发去了避开市中心"黄马甲"活动的地方——卢浮宫，计划待到闭馆。刚到达卢浮宫外，掏出手机准备拍金字塔，突然看到朋友留言："今晨巴黎发生大爆炸，你们怎么样？"又有彭博新闻弹出"巴黎市中心发生大规模爆炸，目击者称整条街区遭到破坏"。啊，心中忐忑之事终于发生了！此刻，女儿打来电话询问我们安全与否。我马上拍了一段小视频发在朋友圈，"巴黎发生大爆炸，我们在卢浮宫，给大家报平安"。后来得知，所谓巴黎大爆炸纯属危言耸听，小题大做。其实就是市中区一面包店煤气罐泄漏造成爆炸，据说有人受伤，但伤势并不严重。一时间，全世界的目光似乎都聚焦到了巴黎，人人都在关注着巴黎！

● 卢浮宫

卢浮宫博物馆是巴黎最负盛名的博物馆，没有之一。哪怕是路过巴黎只光顾一家博物馆，也是非卢浮宫莫属。我来巴黎五次，次次必到卢浮宫。第一次来巴黎，当地导游带着我们一行参观卢浮宫，说卢浮宫是看不完的，但是三大镇馆之宝必看。所谓三大镇馆之宝即：《蒙娜丽莎》《断臂维纳斯》和《胜利女神》。

● 卢浮宫

展厅面积好几百平方米,正面墙中央挂着《蒙娜丽莎》,尺寸仅为77cm×53cm,玻璃框装着。老实说,我看了五次,但从来也没有看清楚她的真实面目。画像被绳子围出了一个几十平方米的扇形保护区,外围挤满层层叠叠的游人,能够与她单独拍一张合影是一种奢望!油画《蒙娜丽莎》又称《蒙娜丽莎永恒的微笑》,作者是大名鼎鼎的达·芬奇。油画上是一位高贵典雅略带微笑的女性,她的笑是那样的恬美静好,是那么迷人而深邃。她到底是谁?她在笑什么?数百年来人们都在寻找答案却终不得而知。据说,每年有600万人到巴黎的卢浮宫,只为了透过厚厚的防弹玻璃看《蒙娜丽莎》一眼。

维纳斯是西方传说故事中的爱神,这尊雕塑是1820年在希腊爱琴海的米诺斯岛被发掘的,故也被称为"米诺的维纳斯"。断臂维纳斯是一尊高2.02米的少女全身雕塑像,少女上身裸露,体态丰满,神情含蓄典雅,达到了形体美与心灵美的高度和谐统一。曾经许多艺术家、雕塑家费尽苦心想给维纳斯补上残缺的手臂,但都无功而返,最终的定论就是没有臂膀的维纳斯是最美的维纳斯,她就是残缺美的经典之作。中国国画不是讲究留白吗,这也许就是一种西方艺术中的留白?

● 卢浮宫

顺着断臂的维纳斯往前走，远远就看见十几米远处几十级石梯上一座巨大的白色人体雕塑站立于一块巨大的大理石基座上，那是张开翅膀跃跃欲飞的胜利女神雕像。据介绍，最初发掘时它只是一些碎石块，经过很多专家认真修补，才呈现出今日我们所看到的这副模样，遗憾的是它头部的石块还一直没找到。不过这并不影响它的地位，它仍然是卢浮宫的镇馆之宝。我去年在希腊雅典的考古博物馆也看见过类似胜利女神的全身雕塑像，也是没有头部，是不是胜利女神雕塑最初创作时都没有头部呢？

2016年来巴黎一周，时间比较充裕，那时也开始拿起画笔作画，对艺术品，尤其是油画作品的鉴赏力似乎有了一些提高。也因为之前来过几次，不急着去寻找卢浮宫三宝，比较从容地边观展边拍照发微信朋友圈。有个香港的朋友看见我发的汉谟拉比法典的照片，很是惊叹，说："你真是幸运，我来过卢浮宫两次，都没有看见汉谟拉比法典。"我也很惊奇，怎么我每次都看见了呢？！

● 卢浮宫

我们一早出门，9点半开馆就进入卢浮宫，中途出来喝水吃午饭。从早到晚，在馆内七八小时，仅看了卢浮宫博物馆二分之一到三分之二的馆藏，并且也只是走马观花，离我心中的目标——把卢浮宫的藏品看个够——还差得很远很远。这里的馆藏确实都是精品中的精品。比我去过的纽约大都会艺术博物馆和伦敦大英博物馆的馆藏更加丰富，更加令我喜爱。每次来卢浮宫都看见不少学生在雕塑馆临摹雕塑，也常见老师给学生讲解油画、雕塑作品。据了解，在法国就读的学生凭学生证办理巴黎博物馆年票，每年十几欧，这简直就是美术专业学生的最大福音，如果我有机会来巴黎学画，一定也要像他们一样泡在卢浮宫。

　　参观卢浮宫，除了观看馆藏展品，一定不要忘了欣赏卢浮宫广场的玻璃金字塔。玻璃金字塔高21米，底宽34米，四个侧面由673块菱形玻璃拼组而成，总平面面积约1000平方米。无论从哪一个角度看，它都是一件精美绝伦的艺术品。我曾读过《贝聿铭传》，了解到他设计建造卢浮宫金字塔的过程。设计开始招致法国市民的一片反对之声，是当时的法国总统密特朗力排众议，坚持用贝聿铭的设计，才有了这个经典的传世之作。在这座大型玻璃金字塔的南北东三面还有三座五米高的小玻璃金字塔做点缀，与七个三角形喷水池汇成平面与立体几何图形的奇特美景。这组建筑被称为"卢浮宫院内飞来了一颗巨大的宝石"，亦是来访者最佳拍摄地点，当然也是我表现卢浮宫画作的最佳构图。想想，要是没有玻璃金字塔的卢浮宫博物馆，该是多么沉闷乏味！

巴漂第 4 日　1月13日

今天正逢周日，我的学生燕驱车来接我们一行人到她家别墅做客。高考一别快二十年没有见到燕了，远远看见她向我跑来，口里叫着"易孃孃"，我的眼泪一下子涌出来。当年18岁的大姑娘如今都是两个孩子的妈妈了，少了一些稚嫩羞涩，多了许多成熟稳重。

燕的别墅位于大巴黎94省，在巴黎的东南部，周日交通顺畅，从我们的住处出发不足半小时就到。这里是典型的法国富人区，家家户户都是别具一格的别墅。燕说这里住的只有她家最穷。那是客气话！能够买得起巴黎近郊富人区的别墅，哪有穷人？！燕的豪宅建于100多年前，墙面是由一种特有岩石所建，法语"meulière"（磨石），属于文物保护建筑，是古迹，难得难得。别墅四周有围墙，穿过一道雕花的大铁门进入前院，后院有儿童玩耍的滑梯、吊篮，还有小块小块的花田菜地，一棵很大的樱桃树，燕说，每年果子还未成熟就都被鸟啄食了。

● 学生家别墅对面街区

燕的大女儿和先生开门迎接远道而来的客人，大女儿四岁，一看就是典型的混血小美女，白皮肤大眼睛黄头发，害羞不说话。小女儿才 14 个月，不大会说话，一声不吭，只是笑，瞪大双眼看着我们几位。进了房门，燕就领着我们参观她的家。中国人，或者说上点年纪的中国人多多少少都有一个别墅梦。

别墅正在进行着前所未有的大改造，工程完全不是重新装修那么简单，我看除了外墙不能动，里面的内部设施都在重新大改造。三层楼的水管、电线，还有暖气布管都是燕的法国先生自己动手。燕的先生是学计算机的，但是她先生动手能力极强，燕说买本书看看就搞定了。工程之巨大我们当然是无法想象，燕说平时要上班周末要带孩子也做不了多少活儿，大约需要十年才能完工。别墅三楼两个大房间，准备做客房和孩子的游乐室。我说，等你们三楼装好了我马上就过来你家住三个月看博物馆、画画，顺带帮你们做晚餐、带孩子。

我兴奋地与昔日的得意门生谈古论今，把高中三年的人和事又好好地回忆了一遍，然后与燕母女合影留念。燕的法国先生一直在厨房为我们做正宗的法国大餐。燕的先生是燕在法国读研究生的同班同学，帅哥，脾气超级好。燕说十几年来，他们从没有发过脾气拌过嘴，当初上学时，在学习上，先生也帮了燕很多忙。燕真是有

● 学生家别墅大门

○ 法国大餐——鹅肝酱

福之人，我这个老师也为昔日的学生高兴，更何况我和燕还有一层特殊的关系，她妈妈是我和严先生初中的同班同学。

今日午餐是法国帅哥花了数小时为我们做的正宗法国大餐，前菜是法国鹅肝酱，第一次吃到这么正宗的鹅肝酱。然后是正餐——炖了数小时的小牛肉汤配意大利通心粉，饭后甜点是国王饼。燕介绍，每年1月，法国家家户户都要吃国王饼，吃饼时要由家庭中一位小朋友钻到桌子下面躲起来，然后每切下一块饼，就问桌下的孩子给谁，直到桌上每一个人都分到饼为止。分

● 国王饼——法国人每年一月必吃美食

国王饼的时刻到了,燕的大女儿趴在桌子下面,先生切下第一块饼问道:"第一块给谁?""给易奶奶!"居然是给我的!简直不敢相信!看来我是比较受小孩子喜爱的,当然也是她爸爸妈妈这几天一直念叨我这个重要人物的缘故,孩子是很会察言观色的。我们这顿法国大餐一直吃了三个多小时,我们一再说不能吃了,已经吃撑了,但还是一吃再吃,实在是抵挡不住美食的诱惑!

晚上 7 点多回到我们的住处,美味还在胃中停留着。谢谢我的爱徒燕一家人的盛情款待,来日相约在法兰克福!

巴漂第 5 日　1 月 14 日

今天原打算去奥赛博物馆,突然反应过来,周一大多博物馆闭馆休息。于是临时改变主意,上午去蒙马特高地、圣心大教堂、小丘广场(艺术家广场),下午去战神广场的埃菲尔铁塔和香格里拉大酒店。

一早出门,直奔巴黎北部蒙马特高地,乘地铁 4 号线到终点站。虽说路经 19 个站,但巴黎地铁站很密集,一般不到一分钟就是一个站,所以飞快抵达了目的地。出了地铁站不用导航径直往高处走,远远便看见矗立于蒙马特高地上的白色圣心大教堂,据说耶稣基督的心脏就葬在圣心大教堂的地下室内,故名"圣心大教堂"。2016 年我们来此时,随人群到地下室看了一圈,也没有看到圣心究竟葬在哪儿,这次来之前就想一定好好看清楚,结果在教堂内仔细寻找也没看见从哪儿下地下室。后来发现通往地下室的门已经被拦住了,不知何故。出了教堂我们没有去登教堂顶看巴黎全景,因为 2016 年我们曾经登顶过。那时正值夏季,天空晴朗,万里无云,教堂顶几乎就是巴黎最高点了,站在教堂顶,巴黎全景一览无余。

◎ 圣心大教堂

从蓬皮杜艺术中心顶上远眺圣心大教堂

● 巴黎红磨坊

今天我去圣心大教堂其实是醉翁之意不在酒，主要想看的是位于大教堂右后方的小丘广场（place du Tettre），和近旁的达利空间（space Dali），还有如雷贯耳的巴黎红磨坊。小丘广场是来自巴黎及世界各国的艺术家聚集的地方，许多著名艺术家成名前均来此作画、卖画。1876年，雷诺阿曾在小丘广场创作了名画《加莱特磨坊的舞会》，如今这幅画是巴黎奥赛博物馆的镇馆之宝。梵·高一生创作了11幅《向日葵》，其中第一幅就是在小丘广场

画的,当年还曾遭受到其他墨守成规的画家的嘲讽。1907年,毕加索曾在小丘广场为游客画了一幅油画《亚威农少女》,该画作被公认为是他第一幅具有立体派倾向的作品,后来成为他的成名作。晚年的毕加索曾深情回忆说,在他穷困潦倒的时候,是包容、大气、优雅、清澈的小丘广场收留了他,给了他面包、信心和力量,没有小丘广场,就没有他后来的成功。

今日来此，时值隆冬季节，天气十分寒冷，广场上画摊稀稀落落，画画的、卖画的，以及游客都比较少。记得2003年来此，正值盛夏，游客如织，卖画的生意十分兴隆。特别是画肖像画的摊位前，往往是一位画家正在创作，周围聚着一群人观看，大家指指点点、品头论足，好不热闹。那时现场画一幅肖像画10欧，今日看看价钱，已经涨到每幅作品20欧了。

● 巴黎街头画摊

● 凯旋门夜景

当然，今日最大的收获就是看了达利美术馆。来之前并不知道这儿有一个达利美术馆。因为我们出了圣心大教堂后找了一圈都没有找到小丘广场，打电话问一位在巴黎的学生，她告诉我小丘广场后方有一个达利美术馆，我们当然欣然前往。这座美术馆收藏达利作品约300件，地下室一个特别展厅内的作品都是可出售的达利真迹，价格从3万欧元起。达利的超现实艺术在这个空间中一览无余，特别是达利常用的"时间"主题，在各种雕塑、绘画作品中都可发现，达利擅长的3D艺术表现绝对让观者不虚此行。

● 凯旋门

下午晚些时候，我们搭乘地铁去战神广场看埃菲尔铁塔。欣赏埃菲尔铁塔的最佳位置有夏悠宫、战神广场、凯旋门顶。我们今天有幸寻到一个特殊的位置，就是巴黎香格里拉酒店顶楼的埃菲尔套房。我广州一位朋友的女儿Yaoyao是毕业于法国的硕士生，现就职于巴黎香格里拉酒店，今日约好带我们参观香格里拉，并亲临顶楼的埃菲尔套房近距离观看埃菲尔铁塔，享受绝佳的视觉盛宴！

巴黎香格里拉大酒店位于19世纪末期修建的一座华丽建筑内，坐拥无与伦比的埃菲尔铁塔、战神广场、塞纳河风景。走进巴黎香格里拉大酒店，立即感受到这座典雅建筑背后的厚重底蕴——这里曾是拿破仑·波拿巴的侄孙罗兰·波拿巴王子的府邸，换句话说，这儿曾经是王宫。在这里，香格里拉酒店向客人提供自始至终的皇家级礼遇。

晚六时许，Yaoyao带我们来到埃菲尔景观露台客房。客房采用奢华的法式风格设计，营造出精致而奢侈的巴黎浪漫氛围。此时，华灯初放，埃菲尔铁塔放射出万道金光。客房内古典优雅的氛围与窗外闪闪发光的埃菲尔铁塔共同构成了一幅动人心魄的美丽画卷。我们在客房内的私人露台上忘我地尽情欣赏巴黎的地标性建筑埃菲尔铁塔的壮丽风光。

● 埃菲尔铁塔

Yaoyao 特意给我们讲解这套房的设置与配套，我们细细品味着这套独一无二的埃菲尔景观露台客房。数十平方米的大卧室，以清新蓝和纯净白为主色调，配备宽敞的放松空间及步入式衣橱，彰显精致巴黎风情。套房内家具均采用天然木材和镶嵌工艺制作而成，鲜明的线条和对称的设计，无不彰显着浓厚的法式韵味。典雅的大理石浴室设有独立深浴缸、大型步入式淋浴间、纯平电视、防雾镜，及贴心设计的加热地板。在客厅沙发上，在卧室床上，甚至是在浴室浴缸里，都能欣赏到埃菲尔铁塔的美景。

　　美得令人陶醉，令人窒息！今夜，无眠……

巴漂第 6 日　1月15日

今日是我最期待,也是此次巴黎行最大动力所在,即探索今后发展方向的巴黎艺术之旅重头戏。今日的向导自然又是我昔日的学生、乖乖女——郁文,现在在巴黎读博,主修新闻,业余爱好绘画。为了陪我们探索艺术之路,郁文事先做了细致的功课,让我有了大大的收获,也让严先生,以及同行的朋友大开眼界。在此给有意前来巴黎从事艺术创作的朋友做一个简单实用的介绍。

我们首先去了位于巴黎 4 区的 cite des art 18 rue de l'Hôtel de Ville, 75004 Paris,门牌上写的国际艺术中心,亦名"艺术孵化园"。大楼里住着约 200 位艺术爱好者,这儿集生活与绘画工作室为一体,时不时搞一些小型艺术展。如果要来这儿租住搞艺术,直接在官网上申请,发 Email 邮件做自我介绍、作品推送,以及提出自身要求,经审核通过可获得官方邀请,直接在这里开始"巴黎艺漂"。我们原本打算看看这儿艺术家(或称为艺术爱好者)的工作室,最好还能与之交谈做进一步了解。但是,底楼大厅的管理人员说如果要见艺术家必须提前预约。

○ 建筑上的涂鸦

访问结束，我们马不停蹄地赶往第二个艺术孵化园，位于巴黎第十三区新区的 Les Frigos，19 rue des Frigos。这幢艺术孵化园大楼十分陈旧，外观看起来怪怪的。原来此楼曾经是冻库，冷冻牛肉、猪肉的地方，弃用后被政府改作艺术孵化园。走进大楼，满墙均是涂鸦，我们左看右看不知如何进行参观之时，迎面来了一个艺术家，他听了我们的来意介绍，主动提出带我们参观，我们大喜过望。他带我们看了一些其他艺术家的工作室，然后去了他的工作室参观。他的工作室内展示着他的作品，主要以铁制艺术品为主，有人物造型，也有树木之类的造型。他说曾去过中国杭州搞作品展销。我们得到允许之后拍了一些他的作品，同时我也和这位艺术家拍照留念。

● 塞纳河风光

告别这位热情的艺术家后，我们在二楼三楼转了一圈，之后上到楼顶，发现工作室基本上都是关着门的，不知是在闭门创作，还是压根儿就没人在里面。艺术家多数都是夜猫子，上午多半都在梦游。感觉此处孵化园内外环境有点诡异，我们一致的意见是：可以来此参观，不宜在此做艺术。

时间过得很快，已经到了中午时分，我们一行去市中心麦当劳解决午餐。1点过后去参观位于巴黎中心第一区的艺术中心——59 Rivoli，即 59 rue de Rivoli 75001 Paris。街对面老远就看见这幢大楼外观与众不同，墙面窗户外有几个像雨伞模样（实为女性乳房）、色彩斑斓的大型装饰，进入大楼的门面较小，黄色门框上有各种雕塑，很有艺术气息。

● 59 RIVOLI 艺术孵化园大门

这是一栋 8 年前被里昂信贷银行和当局机构抛弃的大型奥斯曼建筑。大约 10 名艺术家"非法"占用了这栋大楼,在这儿居住、建立工作室,后来将工作室对外来游客开放。经过多年的努力,59 Rivoli 成了巴黎第三大当代艺术传播中心。除了工作室,59 Rivoli 也专门设置了 100 多平方米的展览区域,一共两层,每隔一周都会有新的展览。在展区内,会有无数来自法国和各地颇具影响的人物或机构互相交流,丰富多彩、兼收并蓄、国际化的规划设置使得这里的画廊成了一个独一无二的展场。

59 RIVOLI 艺术孵化园

今天走了巴黎三处艺术孵化园，来这儿的收获最大，不仅看了各种各样的艺术作品，也见到了一些艺术家，还与一位意大利男艺术家和一位日本女艺术家聊了一会儿，得知他们在此安营扎寨从事艺术创作时间不等。进而了解到这里的租金，五六平方米的场地月租金 150 欧 ~200 欧，巴黎黄金地段，房租不算贵。我也给他们展示了我的绘画作品，得到肯定和赞扬，简直有点小小的得意，心中免不了蠢蠢欲动了！

出了 59 Rivoli 艺术中心，我们还去看了巴黎圣母院、圣路易皇宫、司法宫、古监狱……晚上回到住处，驿动的心无法平复，我想今晚一定会做一个好梦……

● 巴黎圣母院顶部的滴水兽

● 巴黎圣母院顶部的滴水兽及"森林之塔"

● 巴黎圣母院正面

● 巴黎圣母院背面

巴漂第 7 日　1月16日

来巴黎几日了,每天都是快节奏,今日来一个慢游巴黎。前几日阴阴的天终于碧空如洗。我们迎着初升的朝阳出门,巴黎市政厅、塞纳河、爱情锁桥、协和广场、方尖碑……一路迎来。

出了地铁站,抬头看见对面的建筑正是昨日参观过的圣路易皇宫(居左)、司法宫(居中)、古监狱(居右)。巴黎古监狱(La Conciergerie)既是昔日的王宫,亦是著名的监狱。在法国大革命最血腥的恐怖时期,该监狱有"断头台前厅"之称。仅仅1793年4月2日到1795年5月31日,大约两年时间里,设在大厅的法庭就将大约2600名囚犯送上了断头台。

走过司法厅和古监狱,穿过市政厅广场,沿塞纳河漫步,路遇巴黎骑警在塞纳河畔巡视,他们没有想象中那般威武霸气,但确实为巴黎街头增添了

◦ 巴黎市政厅

● 爱情锁桥（巴黎艺术桥）

一道独特的风景。这几天在圣母院、卢浮宫大金字塔，以及凯旋门都看见过法国骑警的身影，每次都是三人，两男一女，骑在高大的白马上，走走停停，每到一处都会引来游人远远围观与拍照，他们好像不大理会人们投去的艳羡目光，也不反对游人拍照。

巴黎艺术桥（亦称"爱情锁桥"）是塞纳河上的一座人行木桥，连接法兰西学会与卢浮宫中央广场。艺术桥始建于1804年，二战期间遭到德军轰炸被毁，在20世纪80年代得以重建。记得我前几次来这里，密密匝匝、五颜六色、大大小小的锁挂满了桥上的铁栏杆。后来看报道，2014年6月，爱情锁桥部分桥段因不堪重负倒塌。同年12月9日，巴黎市政府移除艺术桥上悬挂的"爱情锁"。现在爱情桥的铁桥栏杆已经装上了玻璃，此举显然是为了阻止人们在栏杆上继续挂锁。

● 塞纳河畔

跨过爱情锁桥，来到卢浮宫中央广场，大金字塔在冬日和煦的阳光下熠熠生辉。我们沿卢浮宫到协和广场的中轴线一路慢行，来到位于杜乐丽花园入口处的小凯旋门，即"卡尔赛门"（l'Arc du Carrousel）。此凯旋门是为庆祝拿破仑 1805 年的一系列战争胜利而建造的，红、白大理石圆柱之间是三个圆拱门，装饰奢华。高大雄伟的凯旋门顶端的四匹骏马是从意大利圣马可教堂搬来的镀金奔马。原物已于 1815 年归还给意大利，现在的是复制品。青铜战马旁分别是镀金的和平与胜利女神雕像。

一直往前走到协和广场，又见方尖碑。协和广场是法国最著名的广场，18 世纪由国王路易十五下令营建。建造之初是为了向世人展示他至高无上的皇权，取名"路易十五广场"。广场呈八角形，中央矗立着埃及方尖碑，广场的四周有 8 座雕像，象征着法国的 8 大城市。方尖碑（Obelisk）是古代埃及和西亚常见的一种纪念碑，形状狭长，碑体四方，顶部呈金字塔状，可作为一种计时工具，即日晷。协和广场这座方尖碑是由埃及总督赠送给查理五世的，由整块的粉红色花岗岩雕出来，上面刻满了埃及象形文字，赞颂埃及法老的丰功伟绩。

● 协和广场的方尖碑

● 香榭丽舍大道

从方尖碑到大凯旋门再往下延伸,这一段就是著名的香榭丽舍大道。香榭丽舍大道位于卢浮宫与新凯旋门之间的中轴线上,又被称为"凯旋大道",是世界三大繁华中心大街之一,也被人们称作世界十大魅力步行街之一。如果将香榭丽舍大道比作一串珍珠项链,大道两旁的世界名牌店、服装店、香

○ 香榭丽舍大道

水店就是这串珍珠项链上的珠子,卢浮宫、大小皇宫、凯旋门就是项链上最璀璨的明珠。每年7月14号的法国国庆大阅兵都在这条大道上举行。读过大仲马的《基督山伯爵》、小仲马的《茶花女》、巴尔扎克的《高老头》等作品的应该可以记得各作品对香榭丽舍大道繁华的描写,香榭丽舍大道就是法国文学作品中贵族和新兴资产阶级的娱乐天堂。

我们在香榭丽舍大道两旁走走停停,看街上熙来攘往的人流与车辆,累了坐坐咖啡厅,闲了逛逛商场……就这样走走看看,坐坐停停,时光在悠闲的漫步中逝去。云卷云舒,日出日落,漫行巴黎,慢行巴黎,品味巴黎,品味人生……

巴漂第 8 日　1月17日

今日一整天几乎都是在美术馆里度过,上午橘园美术馆,下午奥赛博物馆,享受了两场世界级的超级视觉盛宴。早晨一直到晚上,眼前都是五彩缤纷的画面,脑子里印象派、后印象派、野兽派、点彩派大师的名字不断地重复闪现——莫奈、马奈、雷诺阿、高更、塞尚、马蒂斯、修拉、西涅克……当然最重要的还有我的偶像梵·高。

上午 8 点过出门直奔橘园美术馆。橘园坐落在巴黎中心地带的杜乐丽花园内,邻近协和广场。该建筑始建于 16 世纪后期,距今已有 400 至 500 年历史。1918 年,莫奈把他晚年创作的 8 幅巨大的《睡莲》捐赠给法国政府,从此,《睡莲》成为橘园美术馆的镇馆之宝。这座西斯廷教堂给莫奈的作品提供了一个最适合的展示环境,椭圆形的大厅环抱着《睡莲》组画,整个墙面被画作覆盖,把观者围在其中,近百米长的路线展开的是一幅幅睡莲、柳枝、树影、云影交映的水景,就像莫奈自己说的那样:"一片波光粼粼的水面,没有地平线,也没有堤岸,犹如没有尽头的幻影。"是画作成全了这座

● 橘园美术馆

建筑还是建筑衬托了画作,抑或是相映成趣,这本身就是一个意境独特、举世无双的创举。

橘园附楼展厅还有毕加索、雷诺阿、马蒂斯、塞尚等名家作品。我和严先生 2016 年来此参观,今日再来却是全新的感觉,我更是一头扎进去,浑然不觉 3 个小时过去了,在严先生一再催促下才恋恋不舍离开。经过短暂休息后转战奥赛博物馆。奥赛博物馆每周四开馆至晚上 9:45。今日正值周四,可以痛痛快快看个够。2016 年我们来奥赛距闭馆约两小时,只好开启跑马观花模式。

● 亚历山大三世桥

　　奥赛博物馆是法国巴黎的近代艺术博物馆，主要收藏从1848年到1914年间的绘画、雕塑、家具和摄影作品。博物馆位于塞纳河左岸，和卢浮宫斜对，隔河和杜乐丽公园相对，原来是始建于1900年万国博览会时的火车站——奥赛车站从巴黎到奥尔良铁路的终点。1986年被改建成为博物馆，将原来存放在卢浮宫、国立网球场现代美术馆，以及在蓬皮杜艺术中心、国家现代艺术博物馆内的藏品全部集中到这里展出。

奥赛博物馆自由女神雕塑

● 夜幕下的奥赛博物馆外景

走进大厅依稀可见当年火车站的盛况，原来的车站大钟还保留着，大厅中间镂空挑高的天花板给人以大气磅礴的视觉享受。我们参考了网友的建议从顶层五楼开始，因为我们参观的主要目标是油画，且全是印象派、后印象派大师的作品。踏进展厅，迎面扑来的就是大幅大幅油画，全是精品，连严先生都说，怎么这儿的作品很多都很面熟！当然是这些年受我的耳濡目染。

我的绘画之路开始于印象派画作，临摹印象派大师莫奈的《睡莲》《干草垛》《白杨树》，以及许许多多的风景画，后来逐渐爱上了后印象派代表人物梵·高。在艺术表现上，后印象派在尊重印象派光色成就的同时，不是片面追求外光，而是侧重于表现物质的具体性、稳定性和内在结构。塞尚的画不顾及透视和人体解剖，只是用各种色块堆积成一个个似是而非的形态，梵·高的画更是完全主观化了的客观物象，用他自己的话说就是"我，在我的画中"。

时间飞快过去，三个小时我才看完五楼油画，下到二楼看了三个展馆，有一个展馆是雷诺阿和他儿子的绘画作品特展，有画作也有影像，十分珍贵。来到梵·高展厅，简直就迈不开腿了，《星空》《加歇医生》《黄房子》……一幅幅既熟悉而又陌生的画面，真实地呈现在眼前！震撼，陶醉，我完全迷失在画作中……

巴漂第 9 日 1月18日

　　昨日行程安排比较紧，严老师和同行朋友都有点吃不消。于是，今天上午安排自由活动。本打算我一人去第十三区陈氏商城购物，严先生在家休息，结果呢，他不放心我一个人外出，担心又出现当年巴塞罗那手机被抢一幕。典型的"一朝被蛇咬，十年怕井绳"！上午逛街，下午去罗丹博物馆，登顶巴黎圣母院、凯旋门观夜景。

　　到了陈氏商城才9：30，人家10：00开门迎客。我们出发前搞忘查一查商城的营业时间了。无奈，只好到处转悠转悠，把这半个小时消磨掉。东瞧西看，感觉第十三区没什么特色，既没有可圈可点的特色建筑，街面也缺少五彩斑斓的色彩。第十三区中心的意大利广场也无多少亮点。

　　不经意间，路旁一家小小的泰国超市，靓丽的门面吸引了我们，走进一看，我们要买的生抽、豆腐、豆芽、老干妈、豌豆粉等，一应俱全。由此可见，我们完全用不着大老远乘地铁来第十三区上华人超市购物，说不定我们住处附近就有这类亚洲人经营的小超市，如日韩泰越小超市，我们做饭常用的佐料和大米应该都有的。

● 罗丹博物馆

购物回家路上，我们去了一家比较大型的瓷器超市，地上两层地下一层，各式各样不同花色的碗碟茶具应有尽有，看看杯底，都是法兰西当地品牌。自打喜欢上了瓷器，我就习惯一看到瓷器，立马煞有介事地看底部的标签，表现出一副专业鉴赏的样子，其实我只知道几款欧洲著名瓷器的名称。我们看了一圈，选了六套小咖啡杯碟和一把象形的白色咖啡壶，10多欧，带回法兰克福自己用。

早早吃过午饭，12点刚过就出发去罗丹博物馆，过去只知道罗丹的《思想者》，在不同地方见过，但不知是不是罗丹的真品。记得2013年去丹麦首都哥本哈根，在历史博物馆外面花园看见一尊《思想者》雕像，当时我很激动，后来又怀疑是不是罗丹真品。来巴黎多次，卢浮宫、凡尔赛宫次次都去，而名冠全球的罗丹美术馆居然一次都没有光顾过，是不是有点遗憾呢？

今日来到罗丹博物馆真是应了一句大俗话——"不看不知道，一看吓一跳"，这儿不仅仅又是一场等同于卢浮宫、橘园、奥赛一样的视觉盛宴，而且是对心灵的一次巨大撞击。罗丹何许人，居然有如此的想象力、创造力，设计制作了如此众多精美绝伦的人物形象，不是栩栩如生、神来之笔这类的用词可以描述的！

单单就说罗丹的名作《地狱之门》，该作品是根据但丁的《神曲·地狱篇》构思创作的，历时达37年，直到他去世前一年还在修改。《地狱之门》代表的是罗丹内心的痛苦与压抑的灵魂。为了《地狱之门》，罗丹用了一年的时间来阅读但丁的《神曲》，沉浸在但丁用文字塑造的虚幻世界里，用

100多幅画把书中描写的十八层地狱表现出来。再后来历时数十年的雕刻才成了今日我们所见到的《地狱之门》雕塑。站在这件雕塑前，任何一个观者都不会无动于衷，心灵会受到一次强烈的撞击，既为但丁的《神曲》，亦为罗丹的雕塑而震撼。

不过，今天的惊喜不仅仅是第一次参观罗丹博物馆，意想不到的惊喜接踵而至。走出博物馆，阳光灿烂，碧蓝的天空，万里无云，一时兴起，我们改变行程决定去巴黎圣母院登顶看钟楼、看塞纳河，看周边街景。我们兴冲冲地赶到巴黎圣母院，却吃了闭门羹。今天的圣母院登顶参观只开放到中午12点，2016年夏天的一幕重新上演。那时的我们，也是这样急匆匆赶来圣母院，结果5点半结束排队，我们迟了几分钟，只能干巴巴地看着别人排队登顶。

不过，塞翁失马焉知非福，我们立即改道去登凯旋门。上顶时分正值太阳落山之际，火红的落日贴近香榭丽舍大道，金色的光芒洒在巴黎纵横交错的大街小巷，埃菲尔铁塔身披金光巍然挺立……虽然我们不是第一次登顶凯旋门，但在这里看日落却是第一次。碧蓝的天空、金色的落日把万道光芒洒在香榭丽舍大道，太美太美！

我们下到凯旋门二层休息处喝水吃东西，8时许夜幕降临，我们再次上顶欣赏巴黎的夜景。啊，五光十色的香榭丽舍大街、流光溢彩的埃菲尔铁

● 晚霞中的埃菲尔铁塔

巴黎圣母院

塔,大街上车水马龙,像一道道流动的红黄蓝绿彩带,引来人们阵阵惊叹,手机相机,长枪短炮,全上阵……今天也是我们第一次在凯旋门看巴黎夜景,明月当空,真是巧了,美哉!幸哉!

今日的幸运还没完,我们从凯旋门顶下到街面时,突然被眼前的一幕深深吸引了。一队穿着军服的白发老兵、全副武装的法国士兵、举着摄像机的新闻记者,还有两个小朋友(小学生模样)……法国三色国旗、美国星条旗、熊熊燃烧的火炬……这里正举行一场不同寻常的纪念活动。

回家一查才知,1919年1月18日巴黎和会召开,今天2019年1月18日,正逢100周年纪念,不知不觉中,我们见证了一场百年一遇的盛大庆典。

今天实在是太幸运了,第一次参观罗丹博物馆,第一次在凯旋门顶看巴黎日落、观巴黎夜景,巴黎和会百年纪念盛典更是百年一遇!一切的幸运或是因为今日我们再次与巴黎圣母院钟楼失之交臂,真是塞翁失马焉知非福!

● 巴黎盛大阅兵仪式

巴漂第 10 日 1月19日

今天我们的队伍又多了两名成员，两个资深美女，她们从成都直飞巴黎，今晨到达直接来我们住处会合。严先生去地铁站口接人，我做好稀粥等待。人一到就有热腾腾的稀粥配上她们带来的正宗四川咸菜，还有蒸得泡松松的大白馒头，爽呆了！今日参观凡尔赛宫。

来巴黎之前，曾为巴黎是否安全有过短暂的担忧，但是来巴黎后，发现这里一如既往，地铁上拥挤着各式各样来去匆匆的行人，城市的大街小巷咖啡店林立，生意一样的红火。正如我在巴黎的学生所说，巴黎人该干吗干吗，哪管什么"黄马甲""黑马甲"。今天又到了周六，又到了"黄马甲"上街表达诉求的日子。我们仍然不敢贸然去市中心转悠，正好迎来成都朋友，我们一行人决定避开市中心去位于郊外的凡尔赛宫。

严先生为了去凡尔赛已经提前做足了功课，我们先乘地铁6号线去市中心再转乘RER（C），没承想到了市中心，发现很多站周六因为"黄马甲运动"或停运或改道。左等右等，七转八转，历时一个多小时终于坐到开往凡尔赛的列车。经过这样的辗转，到了凡尔赛已经上午11点。

正在凡尔赛大广场路易十四国王骑马雕像前拍照，突然又看见几个穿黄背心的人，开始我还以为是维护秩序的执勤人员，仔细辨认方知就是我们唯恐避之不及的"黄马甲"们。看来郊外也不能幸免，真是令人惶恐。

简略介绍一下，凡尔赛宫位于法国巴黎西南约20公里的凡尔赛镇，是法国最著名的宫殿之一，由路易十四建造，以其奢华富丽和充满想象力的建筑设计闻名于世。它也是世界五大宫殿之一。（五大宫殿包括中国故宫、法国

● 凡尔赛宫

凡尔赛宫、英国白金汉宫、美国白宫、俄罗斯克里姆林宫）凡尔赛宫及花园在1979年被列入《世界遗产名录》。第一次世界大战宣告结束时签订的《凡尔赛和约》，就是1919年6月28日在凡尔赛宫的镜廊里，由法国及英美等国同德国签订的。凡尔赛宫的镜廊除了供世界各国游人参观外，法国总统和其他领导人常在此会见或宴请各国国家元首和外交使节。

凡尔赛宫无论是建筑、绘画作品，还是家具和装饰都是富丽堂皇、美轮美奂。很想特别说明一下我的参观体会：凡尔赛宫内表现战争场面的巨型油画之多，估计是所有博物馆收藏之最。看着这些描绘战争残酷的血腥场面，不禁感叹战争给人类带来的灾难，"一将功成万骨枯"，今日和平弥足珍贵。

参观凡尔赛宫当然包括建于1661年的凡尔赛宫花园，它是法国古典园林的杰出代表，内有花圃、草坪、树林、雕像、水池等，全园以"轴线式"进行布局设计，讲究严格的格局对称和几何图案感。花园现存面积为100公顷，花园内有1400个喷泉，以及一条长1.6公里的十字形人工大运河。法国人骄傲地认为凡尔赛宫花园是世界上最漂亮的花园之一。不过现在正值冬日，园内雕塑都罩上了塑料布，几乎没有鲜花，只有天鹅时不时从池塘飞起掠过游人的头顶。前几次来凡尔赛宫都是夏天，鲜花绽放、绿树成荫。2016年夏天来此，园林中数十个喷泉随着音乐起舞，图形变幻，美轮美奂，真是我所见过最大最美的皇家园林，没有之一！

当初，路易十四为了建造它，共动用了三万余名工人、建筑师、工程师、技师，除了要解决建造大规模建筑群所产生的复杂技术问题外，还要解决引水、道路等各方面的问题，有力地证明了当时法国经济和技术的进步和劳动人民的智慧。从艺术上讲，凡尔赛宫宏伟壮丽的外观和严格规则化的园林设计是法国封建专制统治鼎盛时期文化上的古典主义思想所产生的结果。

● 凡尔赛宫后花园

几百年来欧洲皇家园林几乎都遵循了它的设计思想。

告别凡尔赛回驻地途中,在市中心一处地铁站转车,突然发现地铁站大楼两侧路旁走着一些"黄马甲"挥舞着手臂和旗帜,口里喊着什么,应该就是"黄马甲"们在抗议政府的游行吧。

● 巴黎建筑

我们在轻松愉悦的氛围中度过一天，只因为有了成都美女的加入，大家的话题天南海北多了起来……

● 巴黎的咖啡小馆

巴漂第 11 日　1月20日

来巴黎已经 11 天了,行程过半,今天美其名曰陪成都朋友,又来奥赛、橘园、罗丹博物馆,真是爱也爱不够,看也看不够。曾有朋友听说我们要来巴黎待三周,惊呼:"那么长时间干什么呢?"要我说,巴黎不是三周可以看够的,三个月也只能知其一未知其二,学艺术的至少要在巴黎泡三年,身上才能有一点点艺术家的感觉!为期三个月乃至三年的"巴漂",我憧憬着……

虽说卢浮宫最有名,但奥赛才是我的最爱,奥赛博物馆是会给观众带来巨大快乐的博物馆,它展示的印象派油画会给人一种温暖的感觉,置身其中,仿佛自己就是印象派画家,正在户外作画,感同身受,那种无限变迁的光和影,非常的奇妙。所以,这个印象派的主题展示成了奥赛博物馆吸引全世界艺术爱好者的一个特别重要的原因,尤其是热爱印象派画家的人们。

当然,要看印象派画家的作品,不得不说橘园。一般说来,出了奥赛自然要去橘园。走进珍藏印象派大师莫奈巨幅《睡莲》的椭圆形场馆,两个成都美女瞬间就兴奋起来,摆出各种造型拍照。刘美女最喜欢和法国金发女郎或洋娃娃拍照,趁着别人陶醉在画中,时不时来一张偷拍合影,刘美女心中乐开了花!今天既然我是作陪,自然就是导游兼摄影师啦!

◦ 罗丹博物馆庭院思想者雕塑

● 亚历山大三世桥

出了橘园，直奔罗丹博物馆。这是我强烈推荐的项目。也许是卢浮宫太过有名，来到巴黎的人往往忽略了这里。其实罗丹博物馆才真是一个不可不去的地方。首先罗丹（1840—1917年）是法国最伟大雕塑家，也是世界最伟大的雕塑家。有人评价罗丹，"他的作品好似一道闪电，震惊19世纪后期的雕塑艺坛，冲破了学院派的束缚，开创了划时代的雕塑主题"。他以刀斧雕塑了一个个有思索、有希望、有亢奋、有压抑、有沉醉、有悔恨的少女、母亲、情人、作家的形象……

　　罗丹博物馆占地约 8 万平方米，配以广大的花园造景。参观罗丹博物馆，适合一个人静静地徜徉，无论身处展馆内还是在幽深的花园里，被大师的雕塑作品所环绕，那份享受和身心的陶冶绝对会令你终生难忘！罗丹博物馆亦是罗丹生前最后的住所，走进主楼场馆，刘美女一看到那些雕塑，就说有了流泪的感觉，我想那就是感动。

今天除了难忘的博物馆之旅带来的阵阵惊喜和阵阵感动,还有意外的收获。正逢周日街市,两位美女住的酒店旁边就是一个较大的农贸市场和跳蚤市场。一大清早,她们倒时差睡不着觉去逛跳蚤市场,收获了意外惊喜。刘美女捡了一个大漏,用1欧元买了一个漂亮的彩绘花瓶。说来好笑,最初王美女去询价,卖家说"One Euro",王美女不敢相信自己的耳朵,以为"100 Euro",反复询价,卖家拿出一欧元硬币说,就是这么多!一欧元!等于白送呀!后来我也被拉着去逛了一下跳蚤市场,自然也有了意外收获,淘了一个茶壶,2欧,两套写有"澳门礼品"的咖啡杯碟,4欧/套,共8欧,上面的图案是西厢记的人物故事,我甚是喜爱。

晚上,我们一行人回到住处准备去吃法餐庆祝我们的法兰西大团聚,同时满足一下大家对法餐的好奇和向往,结果跑了两家都没营业,再走一段基本都是咖啡馆。最后路过一中餐馆经营潮州菜,大家随即一致同意把晚餐由法餐改为中餐,管它中餐法餐,填饱肚子才是王道!

● 法棍面包

巴漂第 12 日 1月21日

今天是成都美女来巴黎的第三天了，我仍然是导游兼摄影师，带着大家看博物馆。上午卢浮宫，下午蓬皮杜艺术中心、巴黎圣母院登顶、凯旋门顶看夜景。早晨出门8点过，晚上回家8点过，马不停蹄地跑了12小时，朋友的计步器显示：27000步，行程17公里。

先说今日再游卢浮宫，与上周相比，游人特别多，举目四望，主要是旅行团，学生团队也不少。究其原因，旅行团多，是因为各大博物馆都在周一闭馆，只有卢浮宫和蓬皮杜开放，蓬皮杜不是旅行团的打卡项目，自然都涌到卢浮宫来了。学生团多，大约是各国相继放寒假的缘故吧。

今天再游卢浮宫，我得照顾两位美女，当然是没有时间一一仔细观看展品。但不经意间也有收获，偶遇了卡拉瓦乔的经典之作《女占卜者》，这也是我喜欢的卡拉瓦乔画作之一，自然好好地欣赏一番。除此以外，无意中发现欧仁·德拉克罗瓦的名画《自由引导人民》与希腊雕塑《牧羊女》有些许相似之处，说明艺术的借鉴作用是不可忽视的。

出了卢浮宫,我们步行去蓬皮杜艺术中心,一来是因为两地距离不远,二来今天天气不错,走路正好观赏巴黎市容环境。走过塞纳河,河上有桥若干座,桥的形状以及建筑材料均不相同,所以构成各不相同的景观,自然也成了游人观赏拍照的景点。两位成都美女几乎不放过任何一个景点,见一个拍一个,不足两公里的路程足足走了一个多小时。本来出门旅游就是观风景,街景河景都是景,巴黎的古建筑配上蓝天白云,随便一拍都是绝佳的明信片,大家乐开了花。

走走停停,终于到了。蓬皮杜艺术中心(全称"蓬皮杜国家艺术和文化中心")是坐落于巴黎拉丁区北侧、塞纳河右岸的博堡大街的现代艺术博物馆,当地人也简称为"博堡"。因这座现代化的建筑外观极像一座工厂,故又有"炼油厂"和"文化工厂"之称。这是一座各种管道暴露在外的钢铁大家伙,拱形玻璃罩为上下楼层的自动扶梯,是这个建筑的主要人流线。你大概能想象 20 世纪 70 年代这种设计对于当时的人们是一种怎样的视觉刺激。从 Google Map 上可以看出,蓬皮杜艺术中心位置与巴黎圣母院和卢浮宫都相距不远,不得不佩服当时的"业主"能接受这个即便是现在也很激进的建筑方案。

2016 年夏天我们曾经来过这里,这次再来还是有不少新发现。主要的馆藏绘画作品没有太大变化,毕加索的、马蒂斯的……叫得出名儿叫不出名儿的大师名画众多。但比上次多了整整一层展馆,展出的都是十分前卫的作

◉ 蓬皮杜艺术中心

品。看了以后涌出来一个念头：艺术其实不总是反映真实的世界，很多时候是反映艺术家的个体感受，"一千个人心中有一千个哈姆雷特"，所以艺术家大可不必去求新求异满足大众审美情趣，就做自己喜欢做的事，画自己喜欢画的画。

● 蓬皮杜艺术中心广场

　　蓬皮杜艺术文化中心门前的空场地呈坡形，可进行自发性的娱乐活动及露天表演，使传统的街头艺术得以恢复，成为卖艺者自由活动的"天堂"。它周围中世纪街巷密如网布，这里完全禁止机动车辆通行，使游人自在徜徉，与街头艺术家们近距离接触交流，甚至可以直接参与其中。艺术中心还有一个巨大的"公共参考图书馆"，完全不是传统意义上的那种旧式图书馆，它拥有当代书籍30万卷，期刊2400种，幻灯片20万张，微缩胶卷1.5万个，唱片1万张，及各种电影、录像、地图、磁带等。馆内设施一律免费对公众开放，读者可随意翻阅图书；也可以通过录像机随意选看介绍各国文学艺术、科技、民俗等情况的电影、录像；音乐爱好者可以戴上耳机自由欣赏自己挑选的音乐……

今天值得浓墨重彩书写的一笔是在两次巴黎圣母院登顶未果的情况下，今日下午我们终于成功登顶了。我们不仅看到了电影《巴黎圣母院》里著名的钟楼、大钟，还重温了相貌丑陋而心善的敲钟人卡西莫多和美丽的吉卜赛女孩埃斯梅拉达之间发生的动人爱情故事。在圣母院旁边咖啡馆里品咖啡吃点心时，看见咖啡馆内卡西莫多佝偻着身子的雕像，可见这位相貌丑陋心地善良的敲钟人在巴黎人民心中的位置是何等重要。

我们目睹了塔顶钟楼的大钟，就是电影《巴黎圣母院》中多次见过的钟，近距离观赏教堂建筑各个角顶的滴水兽。最震撼人心的是这里可以360度全方位俯瞰整个巴黎市景，塞纳河蜿蜒穿过巴黎，埃菲尔铁塔、圣心大教堂、卢浮宫等标志性建筑在蓝天的映衬下显得格外壮观美丽……这是一个无与伦比的完美体验。

趁着月色我们再次登顶凯旋门，圆圆的月亮正挂在香榭丽舍大道的上空。今日是我们到巴黎十来天难得一见的大晴天，早晨出门淡蓝色的天空，晚上回家深蓝色夜空，整天风和日丽、万里无云，冬日的阳光晒在身上居然有那么一点儿灼热感！

● 巴黎圣母院顶部的高塔

补记：2019 年 4 月 15 日法国当地时间下午 6：30 巴黎圣母院起火燃烧，几个小时后矗立在教堂顶部的尖塔轰然倒塌。法国当地电视主持人在现场直播中表示，预计圣母院重修至少需要 8 至 10 年时间，在此期间不会对外开放。也就是说，在今后十年内去巴黎的游客，将无缘感受这座教堂辉煌的艺术。值得特别说明的是，此次被烧毁的塔尖被称为"森林"，高达 93 米的塔尖曾用了一整片森林的木材来建造，其中最古老的木头可追溯至 1220 年。有相关人士痛心地表示，即使能够重建，烧毁的历史也无法重来。

我去了巴黎五次，前后两次专程登顶巴黎圣母院，均未果，最后一次终于在今年 1 月 20 日——一个风和日丽阳光明媚的冬日下午登顶，一了夙愿，这是上帝赐予我最大的礼物。

4 月 15 日到 17 日这几天，当全世界的目光都投向巴黎圣母院尖塔被焚毁之时，我流着眼泪画了三幅巴黎圣母院塔尖的画作，我要用我自己的方式把美好的巴黎圣母院永远定格在这个世界。

◉ 正在燃烧的巴黎圣母院

巴漂第 13 日 1月22日

天气预报今日巴黎既有雪又有雾。很早很早就知道伦敦大雾,还没见过巴黎的雾。是像雾像雨又像风?或是漫天大雾,大雪纷纷扬扬将城市淹没其中?期待一睹雾中巴黎、雪中巴黎……今日参观大小皇宫、毕加索美术馆。

9点半出门,未见巴黎雾,只见巴黎雪。刚出门时天上飘下的仅仅只是小雪花,不足半小时后,从地铁站出来时就见大雪漫天飞舞,外面世界银装素裹,大皇宫外广场中央戴高乐将军雕像在漫天飞舞的雪花中挺立着。我正要给两位成都美女打电话问她们是否已经到达大皇宫(我们昨晚分别时约好今日9时在大皇宫碰面),远远就看见她俩在雪中摆拍,玩得正欢。

巴黎大皇宫(Grand Palais)位于巴黎香榭丽舍大道,是为了举办1900年世界博览会所兴建的。世博会后,其他建筑被拆除,独留下巴黎大皇宫和埃菲尔铁塔这两座建筑,它们亦成为法国及巴黎市的象征。大皇宫建筑群以典雅的玻璃、金属穹顶、高大的廊柱,以及丰富的雕饰而闻名。今日纷纷扬扬飘落的雪花中,金色大皇宫显得格外壮观、华丽。我们正待进入大皇宫,猛然发现大皇宫闭门谢客，门外人行道也拉了交通线封闭，只见远远近近一群群记者模样的人举着相机似乎在等待着什么……我们在揣度，今日这儿一定有什么重要活动，是不是有什么大人物要来？

一会儿工夫，陆陆续续从四面八方开来了一辆辆黑色轿车，车一停稳，立即有黑衣人撑着黑伞迎上去开车门，只见一个个打扮入时、明星模样的人从车里出来，随即与黑衣人一同往大皇宫里走去。也有一些明星模样的人停下来，立即有记者采访，也有路人要求签名。刘美女不放过任何机会，立马上去要求合影，自然也有人愿意配合。我把照片发在朋友圈，我巴黎的学生马上回复，本周是巴黎时装周，今天是香奈儿（Chanel）的发布会。原来如此，赶早不如赶巧，有些人专程来巴黎追星，不如我们碰巧遇到！

我们来巴黎的第二日就去过大皇宫看了"耀眼的威尼斯"专场画展，今日关闭不得进入，我们也不遗憾，直接去小皇宫参观。小皇宫博物馆(Petit Palais）与大皇宫博物馆隔街相望。 大皇宫博物馆属于国家所有，小皇宫博物馆属于巴黎市政府所有，为巴黎15所市政府博物馆之一。故小皇宫博物馆又被称为"巴黎市立美术馆"，与大皇宫博物馆相似，也有着圆形拱顶和大面落地玻璃窗。特别说明一下，小皇宫博物馆对全世界人民免费开放，这里为大众提供了广泛的艺术全景，也是一处令人赏心悦目的地方。

● 大皇宫广场雪中的戴高乐雕塑

● 小皇宫夜景

　　小皇宫博物馆馆藏内容和数量都十分丰富，馆藏包括安格尔、巴比松风景画派和印象派的作品，以及中世纪、文艺复兴时期艺术品。目前小皇宫博物馆共有藏品近 45000 件， 无论是绘画还是雕塑，都是精品，我们在大饱眼福的同时也大为惊叹，巴黎究竟有多少令世人瞩目的艺术精品？！

　　参观小皇宫的过程中，时不时见到一些小学生由老师带队进入博物馆，到了一处藏品，孩子们席地而坐，老师（或者博物馆工作人员）在前面给孩子们讲解，只可惜我们听不懂法语，不然也可以免费接受艺术熏陶！随着孩子们一起的有几个家长模样的人。我们一行深有感触,西方和中国的孩子都从小进行艺术培养,但方式截然不同。中国孩子几乎都在各种美术班学习素描或水彩或国画,我对此颇有微词,国画讲究写意,小小孩儿怎么理解国画中的写意内涵?!

午饭后转站去毕加索美术馆(Musee de Picasso),位于巴黎第三区。美术馆建筑本身修建于1656年至1659年间,在1964年被巴黎市政府购买,并改为美术馆。这几天看过的美术馆,奥赛、蓬皮杜、橘园……几乎每

○ 玛丽娜教堂

个美术馆都有毕加索作品，或多或少而已。而毕加索美术馆当然全是毕加索作品，既是大饱眼福、大开眼界，也是脑洞大开。感觉几乎所有毕加索作品都具有共同特点：人物形象完全扭曲变形，难以辨认；画面呈现出单一的平面性，没有一点立体透视的感觉；所有的背景和人物形象都通过色彩完成，色彩运用得夸张而怪诞，对比突出而又有节制，给人很强的视觉冲击力与丰富的想象力。

记得 2014 年我在巴塞罗那参观毕加索博物馆，那里珍藏了不少毕加索早年的作品，当时我就发表了一个看法：看得懂的就是画家的普通作品，如毕加索早期的绘画作品；看不懂的就是大师精品，如毕加索晚期作品；像创作于 1907 年的《亚威农少女》，看得似懂非懂，就被评论家称为承上启下的转型之作。

看过毕加索美术馆，时间尚早，周围商店不是艺术品专卖店就是时装专卖店，我们同行的凤妹儿说起逛商店就来劲儿了，随便走进一家女装品牌店，一口气买了裙子、裤子、羽绒外套、修身短款上装。用刘美女的话来说，不打折都划算，何况打折 50%，半价，还要退税，正宗的巴黎时装，面料质地上乘，板型设计优美别致，颜色搭配娇而不艳，穿上身简直可以走巴黎时装秀了。咱也来个"有一说一"，巴黎时装确实比法兰克福的时装漂亮得多，也时髦得多，价格也不比法兰克福贵，建议美女们买衣服都来巴黎。

巴黎大教堂

巴漂第 14 日 1月23日

成都美女今日去荷兰鹿特丹参加昔日爱徒博士论文答辩，我们其他人轻松出行，计划上午去雅克马尔·安德烈博物馆（Jacquemart-Andre Museum），下午去法国国家图书馆。

雅克马尔·安德烈博物馆位于巴黎第八区，曾是银行家爱德华·安德烈与艺术家妻子奈利·雅克马尔的豪华私人府邸，博物馆也因此而得名。作为博物馆密度最高的城市，巴黎既拥有为数相当可观的国立博物馆，亦拥有着众多私人博物馆，其中雅克马尔·安德烈博物馆曾被评为"法国人最喜爱的博物馆"。博物馆建于1869年，属于巴洛克风格，故博物馆本身就是一个值得参观的艺术品。另外，博物馆的收藏品都是文艺复兴中心意大利的艺术精华、18世纪法兰西学院派和法兰德斯大师的经典之作。所以，隆重推荐，这是一个相当值得一看的博物馆。

开馆时间上午9时，我们8时30分到达，大楼已经左右两边排了两支队伍，问了几个人才弄清楚应该排哪儿。这几天在巴黎博物馆排队

● 雅克马尔·安德烈博物馆

购票的感觉就是，不管多少人排队，售票员都是不紧不慢的，排队之人也不着急，我心里着急也只能忍着。到了售票窗口，看见牌上明码标价，全票16欧，老年票15欧（65岁以上老人），优惠票13欧（16~25岁年轻人，以及教师）。我一看很高兴，可以购买优惠票，节约3欧。当我给售票员说购买优惠票时，售票员问我："有教师卡吗？"我说："没有，我是来自中国的教师。"她又问："你教什么学科？"我说："英语。"结果就给我优惠票。

圣雅各塔

走进展厅，立即就被一种奢华典雅的环境和气氛包围。徜徉博物馆内，使你产生时光倒流之感，仿佛置身于第二帝国时期繁华的巴黎。有纳勒罗和伦勃朗的作品，有15世纪到16世纪几位意大利天才的作品，波提切利、多纳泰罗、曼特纳、德拉·罗比亚和乌切洛，哪一个不是如雷贯耳。还有佛兰德斯画派的孟陵、马西斯和范·戴克的作品。其他如荷兰油画家雷斯达尔，法国油画家夏丹、布歇、福拉哥纳德和大卫等人的大作也在其中。说实话，很多作品我是第一次看到，不少画家的名字我也是陌生的，但这并不影响我对作品以及画家的喜爱和敬仰。

今天尤感幸运的是该馆正在举行"卡拉瓦乔特展"，前几日，巴黎学生告知这一信息，我就激动不已，期待一睹卡大师精品的风采，今日终得一偿夙愿。卡拉瓦乔（Michelangelo Merisi da Caravaggio，1571—1610）是意大利16世纪末17世纪初有着独特风格的画家。他的名号前有太多定语修饰：亵渎上帝的杀手；易怒残暴的酗酒鬼；整日酗酒，剑不离手，惹是生非的家伙……但同时他也被颂扬有浩博的神学知识，有虔诚的灵魂，永远站在贫穷的一方等等，他生性焦躁易怒，幻想自己成为一名骑士，总是"不合时宜"地戴着剑。

走进第一展室，几幅血淋淋的画面跃入眼帘，大幅油画全是人头被砍下的场面，而每个画面中都有美女，由美女持刀砍下头颅，有的头颅还双眼圆睁，要多血腥有多血腥！虽然早知道卡拉瓦乔擅长以写实手法营造暴力血腥的画面，也看过画册上他笔下描绘砍头杀戮场景的油画，但真真实实地站立在这些画面前，瞩目这些血淋淋的画面，心中仍然十分震撼！那是一个什么样的岁月，什么样的画家能创作出这样的画卷？！

走进另一展室，几幅大型油画均是卡拉瓦乔的"音乐家们"作品系列。因为卡拉瓦乔酷爱音乐，他创作了系列"音乐家们"作品，在这些作品中，男孩们眼色迷离，裸露的洁白肌肤光滑细腻，吹弹可破。其实，这一系列的画早在20世纪就已经被定性为"同性恋画"。有趣的是，每个版本的桌子上都放着一本不同的曲谱，都是当时的流行曲。更神的是，卡拉瓦乔把每个音符都准确地画了上去，也就是说，根据这幅画上的曲谱是可以演奏出音乐的！卡大师啊卡大师，你的画卷里隐藏了多少世人不知道的秘密？你的身上又有多少让世人捉摸不透的故事……

下午去法国国家图书馆，这是我一直期盼的。法国国家图书馆是法国最大的图书馆，也是屈指可数的世界大型图书馆之一。它是由皇家图书馆发展起来的，其历史可上溯至查理五世（1364—1381年在位）为收藏历代王室藏书而建立的国王图书馆。后经弗朗索瓦一世（1515—1547年在位）在枫丹白露重建，被称为皇家图书馆。规定法国一切出版物均须向该馆呈缴一册，从而使几百年来的法国出版物在该馆被完整地保存下来。

● 法国国家图书馆

　　国家图书馆的建筑设计充分体现了法国很强的环保意识，它最早的构思就是从两片树叶开始的。在国家图书馆，从外表到室内，根本见不到水泥、瓷砖、石灰、塑料、壁纸、油漆、涂料等材料，走遍整个图书馆能看到的是四种材料：玻璃、金属、木板、红地毯。所有的墙壁或是铝合金或是玻璃，特别是面向中庭的墙面全是通透的玻璃，既增加了大楼内走廊的采光，也让室内与室外全方位融会贯通。大楼地面从室外到室内全是木质的，家具也大都是木质的。

● 法国国家图书馆

我们绕着图书馆走廊走走停停，一侧是落地玻璃窗，窗外可见大楼上下各个房间亮着灯，以及房间里的各色人等；另一侧是一间一间隔开的各成体系的阅览室，人们静悄悄地或看书报或写着画着敲着键盘，均在聚精会神地忙乎着……我们很想进去翻翻书报，结果发现每个阅览室都有一个刷卡入口，只好去问管理人员，我们这样的游人能否进去看看。管理人员说5点以后可以自由进去。还好，已经4点半，我们再转转就差不多到5点了。

　　进到阅览室，原以为转一圈体验体验法国国家图书馆阅览室里的氛围而已，对于法语，我们都是文盲。没想到在书架上随手翻了一下，我们都找到了感兴趣的书籍，我感兴趣的当然是插图绘画书籍。朋友琼翻到一本杂志，封面人物是打着领带穿着内裤的特朗普——西方国家的总统虽可如此被调侃，但是公民个人的隐私权和肖像权有法律严格保护。严先生钟爱摄影，当然找的是摄影作品，他看的是 19 至 20 世纪战争摄影大部头。

我们兴致勃勃地一直看到晚上 7 点,大家饥肠辘辘,想去图书馆买一杯热巧克力加面包,结果早已经打烊。我们意犹未尽乘车回住处,因为 20 日换了住处,从巴黎第十四区搬到了第十二区,从 Google Map 上看,新住处离法国国家图书馆 1.5 公里,天气好步行即可,穿过贝尔西公园,跨过塞纳河就到了。

● 贝尔西公园电影院

巴漂第 15 日 1月24日

今天,天阴,原计划的枫丹白露行取消,既然已经等了如此之久,一定要等到一个好天气去枫丹白露,才对得起心中的期许,满足心中那一点点小资浪漫情怀!上午在第十二区观景逛街,下午在雪铁龙公园体会一把巴黎市民的日常生活。

○ 贝尔西公园电影院夜景

● 巴黎街景

今日上午在周边逛街,下午在雪铁龙公园体会一下巴黎人民的日常生活。9 时许出门,第一目的地是贝尔西公园,走走拍拍,各种特色建筑收入镜头中。别致的泰国餐馆、轻轨桥头的黄褐色桥头堡不知已经在此经历了多少载风雨,一幢造型独特、阳台均是不同曲线造型的建筑是贝尔西影院,我打算把它画下来,增添一些鲜艳的色彩,就是一道靓丽的风景线……不知不觉走到塞纳河畔,远远看见那矗立在一方平台上分处四角的四幢长方形大楼,那就是我们昨天到访过的法国国家图书馆。昨天乘地铁 6 号线两个站到达,今日抬脚就到,欣赏了城市风景,省了地铁票,乐哉乐哉!

通往国家图书馆的是一座由三个弧线组成的钢架结构无墩桥，国家图书馆前面绿色草坪上分列着一些人物雕塑，包括各色各族人，也许是代表巴黎的各族人民吧。钢桥的下游是传统的石拱桥，时不时有列车在石桥上奔驶而过，构成一幅幅古老与现代完美结合的画卷。

下午搭乘地铁去雪铁龙公园，公园位于巴黎西南角，濒临塞纳河，是利用雪铁龙汽车制造厂旧址建造的大型城市公园。公园由南北两个部分组成。北部有白色园、两座大型温室、六座小温室和六条水坡道夹峙的序列花园，以及临近塞纳河的运动园等。南部包括黑色园、变形园、大草坪、大水渠，以及边缘的山林、水泽、仙水洞窟等。

公园中央上空悬挂着一个巨大的白色气球，从公园外很远的地方就能看见。我们起初以为是公园的装饰物，走近了发现球上画着巴黎的景观、建筑、车辆等等。我们正在兴致勃勃地拍照，大气球突然升起来了，原来这是一个热气球娱乐项目，游人6欧购买一票，就可乘坐热气球升空。我们不敢尝试，只在一侧旁观，还调侃说，现在不想坐，要是在夏天，恐怕想坐还排不上号呢！

● 雪铁龙公园热气球

公园一侧的彩虹桥上，列车呼啸而过，桥面上铁轨纵横交错，桥下塞纳河水悠悠流去……公园里，园艺工作人员忙碌着，为即将到来的春天做着准备。"冬天到了，春天还会远吗？"我们憧憬着姹紫嫣红繁花似锦的雪铁龙公园的春天……

○ 雪铁龙公园彩虹铁路桥

巴漂第 16 日 1月25日

今日我们去卢森堡公园、先贤祠。

上午,先乘地铁,然后步行前往公园。正沿着地铁站台阶往上走,猛然抬头看见那幢黑黄黑黄的蒙帕纳斯大楼矗立前方。蒙帕纳斯大楼是巴黎市中心唯一一幢办公摩天大楼,建于1973年,高210米,有59层楼。当时为欧洲最高,现在是全法国最高,以及欧盟国家第九高的摩天大楼。楼顶可俯瞰巴黎全景。

● 地铁站口看到的蒙帕纳斯大厦

● 街心花园罗丹的巴尔扎克雕塑

我们边走边观街景,从另一方向远远拍两幢大楼中央矗立的蒙帕纳斯大楼,又是另一番景象。这一带建筑很有巴黎特色,大楼不是直角而是圆弧形的。在巴黎几乎没有我们常见的十字路口,而是呈放射线的7条街或8条街,甚至10条街或12条街的街口。不经意间看见街心花园一尊人像雕塑,怎么有点面熟?喔,原来是巴尔扎克的全身雕像,走进一看,居然是罗丹的杰作。不由得感叹:巴黎处处是艺术,时时有惊喜!

● 卢森堡公园

卢森堡公园（Jardin du Luxembourg）是一座处于巴黎第六区拉丁区中央的公园，也是巴黎市内最大的公园。公园是玛丽亚·冯·梅迪奇（1573—1642）在其丈夫亨利四世死后的1615年建的，在"大革命"期间曾作为监狱。现在所见的公园是经过扩建及整修后形成的，园中丰富的巴黎生活艺术和自然景色交相辉映，艺术、运动、休闲和娱乐活动相辅相成。公园最知名的景点就是位于花园最后面的卢森堡宫，现为法国参议院，宫殿西廊曾经是玛丽亚皇后的寝宫，从第五共和国开始，卢森堡宫就成了参议院的办公场所。宫殿前飘扬着红白蓝三色法国国旗，旁边站立着荷枪实弹的法国警察（或军人），一看就知道是重要场地。

卢森堡公园面积为224500平方米,有长长的梧桐大道与花园、喷泉。公园内的各个角落有100多座雕像和雕塑作品,展示着希腊神话中的人物、动物。在中央的平地上还竖立着法国诸位皇后及杰出女性的雕像。整个卢森堡公园以中央水池为圆心向四面八方敞开,园中的道路平直,围绕中央水池和花坛有大量的空地,空地上摆放着绿色的椅子供游人休息观景,非常人性化。池塘周围众多雕像中,有一个自由女神像,虽然比不上当初法国送美国的自由女神像那么高大气派,但也为卢森堡公园增添一桩美谈。

穿过卢森堡公园,远远看见高大雄伟的先贤祠矗立在左右两条街道的交会处。先贤祠法文名Panthéon,源于希腊语,最初的含义是"所有的神"。

● 远眺先贤祠

这类建筑通常以供奉诸神而著称，如雅典的帕特农神庙、意大利的万神殿。若是对法国历史感兴趣，一定要来这里。虽说是一个纪念价值大于观赏价值的景点，但是先贤祠本身建筑也是极具观赏价值的。先贤祠中的艺术装饰非常美观，其穹顶上的大型壁画是名画家安托万·格罗特创作的。1830年"七月革命"之后，绘画的主题改变，先贤祠具有了"纯粹的爱国与民族"特性。

大厅正中央前方祭坛本该是供奉耶稣的位置矗立着一组《国民公会》大型群雕。这组名为《国民公会》的雕塑由雕塑家西卡尔于20世纪初创作。群雕中的女主角高高在上，手持长剑，气定神闲，据说这就是被送上断头台的"断头王后"——玛丽·安托瓦内特，其下还镌刻着"VIVRE LIBRE OU MOURIR（不自由，毋宁死）"的铭文，周围围绕着议员和士兵。在群体雕塑的上方有一幅耶稣的画。

绕过群雕，我们往下走入先贤祠的地下墓穴，即地宫。伏尔泰和卢梭被安葬在整个墓群最中心、最显赫的位置，棺木高大、精美。伏尔泰的棺木前面耸立着他的全身雕像，右手捏着鹅毛笔，左手拿着一卷纸，昂首目视虚空，似乎是在写作的间隙中沉思。隔着走廊，与伏尔泰相对而立的是卢梭的棺木，外形设计成为乡村小寺庙模样，从正面看，庙门微微开启，从门缝里伸出一只手来,手中擎着一支熊熊燃烧的火炬。我们挨着在地宫内寻找我们所熟知的名人,大仲马、雨果与左拉同居一室;居里夫妇居一室,我们在居里夫妇的墓前三鞠躬表达对他们由衷的崇敬和热爱。

当我们走出先贤祠时,已经是闭馆时分,万家灯火照亮了神圣的先贤祠。

● 万家灯火映照下的先贤祠

附带说明一下,拿破仑的灵柩不在先贤祠而在巴黎荣军院(L'hôtel des Invalides),又名"巴黎残老军人院"。它是法兰西"太阳王"路易十四时期的建筑。1670年2月24日,路易十四下令兴建一座用来安置他军队中伤残军人的建筑,从此荣军院"应旨而生"。如今,这座荣军院依旧行使着它初建时收容安置伤残军人的功能,但同时也是多个博物馆的所在之地,拿破仑·波拿巴的陵墓也在此。我们2016年来巴黎时去荣军院看了拿破仑的灵柩,同时也参观了军事博物馆。

● 荣军院(拿破仑灵柩存放处)

巴漂第 17 日 1月26日

今日周六，我们按既定目标进行，上午逛跳蚤市场，下午逛街。一个国家的跳蚤市场就是该国民族色彩、多元文化、市井民生的集合点，它所折射出的东西是十分丰富的，要想深入了解这个国家，就一定要去走走看看他们的跳蚤市场。你会从器物本身体会到当地的历史人文、生活文化。我在巴黎的学生推荐了排名前三的巴黎最热门跳蚤市场，我们从中挑选旺夫跳蚤市场（Vanves Flea Market）作为第一目的地。

仍然是搭乘地铁到达离目的地最近的地铁站，然后按 Google Map 的指示方向前行，大约走了五分钟，转角过去，远远看见对面沿街一排搭棚的摊位，就知道旺夫跳蚤市场到了。周边建筑，好像都是新建不久的楼房，绝对不是几百年前的古建筑。大楼下层是一排排商铺，商铺的门刷着五颜六色的涂料，似乎在彰显这里的艺术氛围。

大致扫视一下，这里的商品有绘画作品、陶瓷制品、银器、装饰品、20世纪六七十年代的老物件、古旧的军用物品、厨房用品、二手服装等。摊商约有几百个，小巧有序，别具亲和力，没有一间店铺，商贩们开着载货的卡

夜幕下的塞纳河畔

车，露天搭棚设摊，商品就陈列在地上或货架板上。来这里淘宝逛市集的较多是巴黎人，他们三三两两轻松惬意地散着步赏觅旧物，少了一些紧张，多了一份自在。

我们从街市先往左再往右一个个摊位挨次走来，有感兴趣的物件就询问价。突然看见一个摊位所有物件都摆在地上的木框里，不少人在里面挑挑拣拣，我也加入其中。大多数物品都是不成对儿的，如咖啡杯有杯无碟或有碟无杯，问了一下价钱，基本都是一欧一个，类似中国自由市场的一元店。最后我选了一个烟灰缸、一个杯子、一个马头图案的碟，讨价还价后，三件两欧成交。烟灰缸比较别致，图案也很新颖，还镶了金边；马头杯碟女儿很喜欢。

当然，我们今日逛跳蚤市场主要目的不是购物，仅仅是想了解一下巴黎跳蚤市场的行情，做一下比较，因为我们在法兰克福和其他一些德国城市乡镇也光顾过跳蚤市场。记得10年前的2008年，我在英国伦敦附近小镇转悠时，还淘了两把茶壶，一欧一个，后来发现其中一个还是有相当价值的皇家用品。今天的实地考察，发现巴黎跳蚤市场价格比法兰克福温柔些，物件品种也多了不少。

转了两三个小时，几乎没有看见中国人的身影，倒是有几个韩国美女在各个摊位上认真地挑挑拣拣。但观察一下，她们好像都没有下手，只是看看而已，有时还掏出手机拍照。是在做市场调查，还是给某个客商寻找货源，

○ 巴黎街景

不得而知。倒是我们很干脆，既然不了解行情，也不会鉴赏古董，就是逛市场看热闹，顺便看见喜欢的瓷器买上几件，多则三欧五欧，少则一欧两欧，图个开心。

也许是冬日淡季，中午1点左右就见一些摊主在收拾东西准备撤摊，但网上介绍说，旺夫跳蚤市场经营时间为晨7点至晚6点。今天的感觉是，巴黎旺夫跳蚤市场也许不是一个理想的游览景点，但绝对不会令你空手而归！我们自然也是乘兴而来，高兴而归。

回住处吃午饭，休息，下午我们就在住处附近逛街。前几天我们已经到过贝尔西公园、法国国家图书馆、贝尔西体育馆、塞纳河两岸，今日沿大道往相反方向边走边看。路过第一个街心花园，花园中央是一个狮子围成的圆圈，远看狮子口中吐出喷泉，走进一看，喷出来的不是水而是透明光带，到了夜晚，光带闪闪发光，狮子和喷泉构成了金光闪闪的群雕，真是不错的设计！围绕街心花园，街道往四面八方呈放射状散开。过了街心花园，继续前行，路经一教堂，大门很高很高，门框上挂着巨大的花环，我对严先生说，你看看人家巴黎的教堂亦是很有艺术品位的。

一路走走停停，不经意间到了一座横跨空中的大铁桥下，抬头一看，原来就是我们每天出行搭乘地铁所经过的铁桥，桥上桥下看风景，别样风情在心头。穿过铁路桥，前方中央是一个长方形呈坡状往上倾斜的街心花园，

● 巴黎教堂

远远看见花园高处矗立着一尊金色雕塑,雕像应该是由希腊神话故事演绎而来,雕塑下方是呈阶梯形状倾斜的沟渠,泉水奔涌而下。

街心花园右侧就是一个硕大的城市森林公园,我们信步走入公园,展现在面前的是大片树林、大片绿地……再往里走,公园中央有一大片水域,水域中央有一个人工岛,四周有不少船只倒扣在水边,想来是因为冬日划船人少而把船只收拾起来了。群鸟在空中飞来飞去,水面上划出一道道涟漪……虽然天色渐暗,公园里跑步、散步、遛狗游玩的人倒也不少。想象夏日时分,或周末,这儿一定是人来人往,家人朋友在此玩耍嬉戏,乘船泛舟……

巴漂第 18 日　1月27日

昨天去了巴黎三大著名跳蚤市场之一的旺夫跳蚤市场，把感受发到了朋友圈，得到大家一致好评，一学生给我的陈述做了补充，现记录如下："据说跳蚤市场起源于巴黎，十六七世纪的皇室消费过度，外强中干，财政困难，皇室成员悄悄把生活用品包括衣物拿出去卖掉补贴财政。因为当时卫生条件不好，常有跳蚤藏匿衣物之中，于是销售的市场因此得名。"我过去把跳蚤市场翻译为二手市场（second hand market），女儿纠正我说，人家欧洲人不说"second hand"，直接说"flea market"，flea 就是跳蚤。经我学生这样一补充，就全明白了。

昨晚，成都美女凤妹儿、王妹儿去荷兰比利时周游一圈再次回到巴黎，今日是她们"浪漫巴黎行"最后一天，明日将飞回成都。所以今日我和严先生陪同她俩再去跳蚤市场淘宝。昨日去的旺夫比较小型，今日去巴黎排名第一，也是巴黎最古老、最大的跳蚤市场——圣图安跳蚤市场（也可译成圣旺跳蚤市场）（Marché aux Puces de Saint-Ouen）。获得第 84 届奥斯卡金像奖的好莱坞电影《午夜巴黎》（2011 年 5 月全球首映）就在这个圣图安跳蚤市场取过景哦！该剧是以法国巴黎为背景的浪漫喜剧和奇幻电影，表现的主题是怀旧情绪、现代主义和存在主义。

我们四人在地铁站会合，然后乘地铁去圣图安。出站就看见街中心空中飘着一个大大的红心，这大约就是圣图安市场的标记。昨天逛过的旺夫跳蚤市场完全不能与圣图安跳蚤市场相比，这里四面八方、上上下下都是各种门类的小店，且有许多精致小店，古董家具、徽章、瓷器、画作、金银玉器首饰……应有尽有，你能想得到的东西这儿都有卖。多芬市场（Marché Dauphine）规划更为现代，二楼售卖古代明信片、书籍、珠宝首饰、服装，一楼有不少当代艺术品，逛这个集市，即使不购物，看看也很赏心悦目。当然，最会淘宝最爱买东西的还是要数凤妹儿，今天她又是大丰收，从几百欧的大玛瑙戒指到十欧二十欧的猫头鹰茶壶、大理石首饰盒、时尚礼帽……应

○ 巴黎 LV 总店

有尽有,仍然是边买边说,买多赚多!说是陪同她俩逛圣图安跳蚤市场,我也颇有收获,涨了不少见识,也斩获了自己的所爱。女儿说我这趟巴黎行已经要把我法兰克福家中两个新购置的装饰柜塞满了,以后买的怎么办呢?

下午我们一行四人又乘 RER(A)去市中心逛老佛爷百货商场。说到老佛爷,严先生又给大家讲起一桩往事。2010 年我们随旅游团来巴黎,沿途那个导游小伙子(天津人,在德国读博,兼做导游)一直在说巴黎老佛爷的坏话,说是老佛爷歧视中国人,中国人应该团结一致抵制老佛爷,坚决不去老佛爷购物。结果不到中午就把全团人带到老佛爷,留四个小时让大家去购

● 老佛爷百货

物，还给了每人一张号码牌，叫大家结账时不要忘了出示号码牌。我俩当然明白其中的奥秘，其他团员立刻开始了疯狂购物。

今天老佛爷商场之行最大的买家是王妹儿，她给双胞胎儿子一人买一个背包，5折。又给他先生买了一套西装，也是5折，一套西服才125欧，折算为人民币还不到1000元，真是千值万值。在国内这样一套西服至少也是翻一番到两番，质量和做工恐怕也不是一个级别的。真是"巴黎购物，买多赚多"！

从老佛爷百货商场出来，淅淅沥沥下了一天的雨终于停了，居然见到阳光，大家忙不迭拿出手机拍照。走了几步就是闻名遐迩的国家大歌剧院。夕阳把金色涂抹在歌剧院绿色穹顶上，歌剧院正中是阿波罗高举竖琴，左右是诗歌和音乐之神，雕塑两边的欧盟旗和法国三色旗迎风飘扬。歌剧院南北两侧各有一座对称的鎏金女神雕塑，左边的雕塑为《诗意》，右边的雕塑为《和谐》。歌剧院屋檐沿边53个鎏金青铜面具浮雕，用花环相连；屋檐下墙面浮雕之间有大写"N"和"E"，"N"代表拿破仑（Napoleon）三世的名字，"E"代表皇帝（Emperor）。一行红底金字的意思是"国立音乐学院"。巴黎大歌剧建筑是一座世界顶级艺术水平的建筑，自然迎来无数游人竞相驻足拍照，我们四人也不例外。

● 国家歌剧院

天色渐暗，我们买够了，看够了，心满意足地回到第十二区的民宿地。到家后，我给大家做了米饭和火锅，火锅内容丰富，有火腿肠、花菜、蘑菇、米粉儿……大家直呼过瘾、好吃！成都美女来巴黎第一天，我们在第一套民宿做了鱼火锅，她们离开巴黎的最后一餐我们又吃了火锅，成都人走遍全世界最爱的还是火锅！

● 世界顶级甜品——法国马卡龙

巴漂第 19 日　1月28日

今日，朋友琼飞波士顿，成都美女飞成都，到了机场相继发来信息报平安，愿她们一路平安到达目的地，与家人快乐团聚！我和严先生，上午去巴士底广场及雨果之家，下午逛旺多姆广场看周边市井文化。

剩下我们俩继续在巴黎，今日天气预报是阴转晴，一大早我们就见到了最近几日难得一见的蓝天白云，太阳似乎在与人们躲猫猫，时不时从云层中出来又时不时钻进去。虽然算不得大晴天，冬日里这样的天也是十分难得。我们今日安排户外活动，上午去巴士底广场及雨果之家，下午逛旺多姆广场看周边市井文化。

上午乘地铁 8 号线，不转车直达巴士底（Bastille）站。出了地铁就见一根巨大的立柱矗立在广场中央，这就是著名的七月圆柱，是一座高 52 米的巨大青铜圆柱，柱顶立着金翅自由神像，巍然屹立，额上朗星闪烁，右手高举火炬，左手提一条被砸断的锁链，象征自由战胜专制暴政。柱身分为 3 截，象征"光荣的三天"，上边刻满烈士的英名，下面台基上的题词为：

"献给在1830年7月难忘的三天（27日—29日）里为自由而捐躯的法兰西公民"。

国人大都知道巴士底广场，因为1789年7月3日，巴黎人民愤然起义，14日攻占了巴士底监狱，揭开了法国大革命的序幕。从15日起，巴黎民众挥镐捣毁了这座阴森的魔窟，把拆下的石块垫到塞纳河的协和大桥上，让行人日日践踏。再后来，1791年，巴士底监狱被彻底拆毁，原址改建成巴士底广场。1830年，巴黎通过法令，决定在巴士底广场为"七月革命"的烈士立碑，于是建造了我们现在看见的"七月圆柱"。

巴士底广场周边建筑之一巴士底歌剧院，建筑十分现代，外墙几乎都是深蓝色玻璃幕墙，整幢建筑呈半圆弧形矗立在数十级阶梯之上。我们拾级而上，歌剧院大门紧闭，时间尚早，人家还没有上班。底层是歌剧院图书馆。巴士底广场周边建筑呈圆弧形展开，巴士底地铁站就建在圣马丁运河上，我们乘坐地铁到达巴士底站，站台就在横跨圣马丁运河的桥上。从那里可以观看到运河上来来往往的船只，以及倒映在水里的错落有致的各色建筑。

离巴士底广场几百米就是著名的"雨果之家"博物馆，我们跟着Google Map走，大约十分钟就到了"雨果之家"。今日逢周一，闭馆休息，只好拍照留作纪念！雨果在中国可谓是家喻户晓人尽皆知，他的著作《悲惨世界》《巴黎圣母院》《笑面人》等，即使没有读过原著，也可能看过电影，至少

巴士底广场的七月圆柱

○ 雨果之家附近的城门洞

对其内容略知一二。雨果之家位于一幢金碧辉煌的四合建筑的一角，四合院建筑中央是一个公园，公园正中矗立着路易十三皇帝的骑马雕像，这个金碧辉煌的四合院建筑应该曾是他的皇宫。

趁着午后的阳光，我们再次来到大歌剧院站。地铁站口正对着歌剧院大门，这儿永远有人举着相机在拍照。背对歌剧院往塞纳河方向就能看见不远处的拿破仑柱，那就是旺多姆广场了。

旺多姆广场（Place Vendôme），巴黎的著名广场之一，位于巴黎老歌剧院与卢浮宫之间，呈切角长方形，长224米，宽213米。由于旺多姆公爵（1594—1665年）的府邸坐落于此，广场因而得名。广场中央矗立着旺多姆纪念铜柱，该柱由拿破仑皇帝下令建于1810年，是模仿罗马的特拉真（Trajane）柱修建的，柱高44米，用法国军队在奥斯特利兹战役中缴获的1250门大炮铸成，上面的螺旋形图案描绘着拿破仑征战的诸多场面，顶上立着拿破仑·波拿巴的铜像，故又被称为"拿破仑柱"。

● 旺多姆广场拿破仑柱

从歌剧院到旺多姆广场，街道两旁全是世界顶级的珠宝店和酒店，门面一个比一个装修得富丽堂皇，沿街看橱窗就是一个欣赏艺术品的过程。这一路走来，严先生的单反按下了无数次快门，我的手机照片也在极速增加。突然发现旁边一小巷内两幢建筑间悬挂着红红的灯笼，有庙宇建筑，还有红红的"新年快乐"几个大字。喔，中国人的新年要到了，春节大假出国旅游的人们开始蠢蠢欲动，巴黎商家正翘首以盼迎接中国客流进军巴黎！

● 巴黎市中心的中国新年主题街景

巴漂第 20 日 1月29日

今日第一目标参观巴黎大歌剧院,这也是我们来巴黎的第一天就开始谈论的话题。大歌剧院(法语:Opéra de Paris),又称为"加尼叶歌剧院",由查尔斯·加尼叶于 1861 年设计,被誉为"折中主义登峰造极的作品"。其将古希腊罗马式柱廊、巴洛克等几种建筑形式完美地结合在一起,规模宏大,精美细致,金碧辉煌,被誉为是一座绘画、大理石和金饰交相辉映的剧院。参观歌剧院就是一次极大的视觉与艺术的享受。

提前到达,排队等候入场,队伍中有不少亚洲面孔,韩国美女居多,也有国人。票价 12 欧 / 人,5 欧语音解说费,有中文讲解。一进入歌剧院,立即就被壮观的大楼梯所吸引,大理石楼梯在金色灯光照射下熠熠生辉,据说是被当时贵族仕女的衬裙擦得锃光瓦亮。大楼梯上方天花板上则描绘着许多寓言故事,构图精美,色彩鲜艳。从大楼梯两侧进入歌剧院二层走廊,设计师加尼叶将大走廊设计成类似古典城堡走廊,在镜子与玻璃交错辉映下,更与歌剧欣赏相得益彰。

● 国家歌剧院

歌剧院长 173 米、宽 125 米，建筑总面积 11237 平方米。剧院有着全世界最大的舞台，可同时容纳 450 名演员，观众席有 2200 个座位，30 多个包厢，大厅的悬挂式分枝吊灯重约八吨，大厅顶部配有夏加尔的天顶画，堪称一绝。画上风姿飘逸的神与人，浮沉在半空中，既有童话的纯真，又有天堂的神秘。整个演出大厅华丽奢侈、金光闪闪、亦真亦幻……观众来此姑且不谈观看歌剧演出——能在这里演出的均是世界超一流的演出团队，单就参观演出大厅而言，就已经是超一流的艺术享受了。

○ 亚历山大三世桥

　　看过演出大厅，穿过两侧走廊，右侧是月亮圆厅，左侧为太阳圆厅，两厅均通向富丽堂皇的休息大厅。该厅长58米、宽13米、高18米，其金碧辉煌堪与凡尔赛宫大镜廊相媲美。休息大厅装潢豪华，四壁和廊柱布满巴洛克式的雕塑、挂灯、绘画，有人说这儿豪华得像是一个首饰盒，装满了金银珠宝。这儿既是观看歌剧的人们的休息之地，也是名流社交的理想场所。大厅一侧多个窗户，可直接看到歌剧院外直达旺多姆广场的多条街道与建筑。不过，窗户紧闭拉着横线，防止人们靠近窗户，游人只能远远观看。

继续参观歌剧院，依次为剧照陈列室、图书馆、演出服装陈列展示柜。今日单是参观歌剧院就用了大约两小时，但仍然意犹未尽。我很想一个人在演出大厅观众席坐下来，静静地观看巨大的舞台，想象在这里可能发生的一切……如果有机会一定要在这里看一场世界顶级的歌剧表演。

下午是巴黎大学参观之旅。前几天就计划来一次巴黎大学参观考察活动，但我巴黎的学生告诫我，巴黎恐袭之后，各个大学都加强了安全保卫，进校门需安检并出示证件，像我们这样的游客等难以入内，由此给我们浇了一盆凉水。后来想能不能去碰碰运气呢？于是，我们今日下午先去巴黎第三大学碰运气。

巴黎第三大学又称"新索邦大学"，为全法国语言文学及社会文化类专业最为权威的大学之一。刚走到大门就见保安依次搜包，有人出示证件进入。我壮着胆子走进去，一边给保安看包，一边说我们可不可以进去参观一下校园。保安大度地挥挥手就让我们进去了，我们喜出望外。正值午餐时间，校园人来人往。在大楼一层粗略地转了一圈，算是第一次见识了巴黎大学。

经过这番实地调查，我们胆子比较大了，准备再去看看巴黎第六大学（后文简称"巴黎六大"）。那天郁文带我们去艺术工作室时路过巴黎六大，说这是一个很现代新型的科技大学，看外部环境就十分吸引人。打开 Google Map 一搜，立即出来了周边几个景点，第一就是巴黎大清真寺，据介绍，巴

● 巴黎大清真寺

黎大清真寺（Grande Mosquée de Paris）位于巴黎第五区，是法国最大的清真寺、欧洲第二大清真寺。它兴建于第一次世界大战之后，法国以此感激来自法国殖民地各国的穆斯林军人加入法国军队与德军作战。这座清真寺为穆德哈尔风格，其宣礼塔高 33 米。清真寺里参观的游客较少，要进入祈祷室还需换鞋，当然我们就免了脱鞋只在外面看看。

转过街就是"天演大博物馆"，对人类起源天体运行感兴趣的朋友一定

● 天演大博物馆

不要错过这个博物馆。博物馆大门侧面是一个大花园，名"阿尔卑斯花园"，花园右侧是"巴黎自然历史博物馆"，左侧是巴黎植物园。不过，由于时间仓促，我们只是在花园观看拍照，并未进入自然历史博物馆和植物园参观。周边小山顶上有一圆形亭子，很别致，我们登山观看，亭下有一牌坊，应该是关于亭子的介绍。我们不识字，只有拍照为证。

再走一段路程，就是巴黎六大了。巴黎六大，也称"皮埃尔和玛丽·居里大学"（法语：Université Paris VI 或 Université Pierre et Marie Curie，UPMC），主要校区位于巴黎第五区的拉丁区。2018年，USNEWS 将巴黎六大评为法国第1、全球第38，在数学领域教学科研位于全球第1（超过普林斯顿、哈佛、加州伯克利、麻省理工）。在2015年自然指数（Nature Index）排名中，巴黎六大被评为全球第5大研究型大学、世界十强科研机构。能参观这样的世界顶级大学，我们很期待。

◉ 巴黎第六大学校园

● 巴黎第六大学校门

　　先看学校大门，十分独特和气派。门口保安实际就是看看背包什么的，我们什么都没说，直接进去了。早知如此，前几天我们就过来了！校园挺大的，中间一幢大楼顶天立地，四周是稍矮一些的大楼围成的几个四合院形状建筑群。边上很长一排高大空旷的房间，里面全是运动器材装置，有些学生正在进行体育锻炼。走过草坪，看过雕塑，来到学校咖啡厅，坐下来品尝一杯咖啡，真是再好不过的享受和休息了。

巴漂第 21 日   1月30日

今日,我们再出发看博物馆,目的地是让·雅克·亨纳的"红发女郎"。在艺术之都的巴黎,每年都会举办许多大型特展,此番来巴黎,我们紧锣密鼓地观看了 2018 年特展,有大皇宫的"耀眼的威尼斯"、奥赛博物馆的"雷诺阿父子作品及影视回顾特展"、雅克马尔·安德烈博物馆的"卡拉瓦乔在罗马,朋友与敌人"、玛摩丹博物馆的"私人收藏:从印象派到野兽派的旅行"……这些与大师杰作相遇的美妙时刻,都让我兴奋不已。

● 巴黎街景

● 巴黎街景

艺术的脚步从未在巴黎停歇，2019年新展又来了，达·芬奇、梵·高、马奈……"月亮与艺术家""红发女郎""法老的宝藏"……我们有幸赶上了新年的第一个特展——让·雅克·亨纳的"红发女郎"。今天是画展开幕第一天，我们明日离开巴黎，算是有幸赶上了。让·雅克·亨纳(1829—1905)是法国19世纪后半叶的著名画家，以画人物形象和素描画著称。尤其是他笔下拥有光洁皮肤、红棕色头发的女郎，给人留下了深刻的印象。

巴黎街头雕塑

让·雅克·亨纳博物馆门外的海报上就是那位美丽的"红发女郎"。走进展厅，映入眼帘的是一片片蔓延的红色……《凯斯勒女伯爵》《希罗迪亚》《读书的姑娘》等让·雅克·亨纳的代表作品，都在这儿集中展出。喜爱让·雅克·亨纳作品的人都知道，"红发女郎"是一个经久不衰的讨论话题，其中也包括法国时尚女王索尼亚·里基尔（Sonia Rykiel）。里基尔是法国时尚设计师，她的针织品与崭新的时装制造工艺为她赢得了"针织女王"的美称。她曾多次邀请拥有一头红色秀发的模特为她展示时装。观展的同时可观看录像，以了解"针织女王"的时装秀。

这次的"红发女郎"展览分为5个部分，从19世纪下半叶到当代，包括让·雅克·亨纳从油画到时装草图等作品，还有关于红发女郎的海报、电影……以及来自奥赛博物馆、小皇宫、巴黎市立美术馆等博物馆和私人机构的一百多件展品，展品集中呈现女性红发的魅力，既热情迷人，又魅惑多情……从一楼上五楼，沿狭窄的楼梯一层层往上攀爬，踏着嘎吱嘎吱木地板，观赏着这些古老而精致的展品，别有一番奇妙感觉在心头。

出了博物馆，迎面就是一个中心花园，一尊雕塑矗立其中，再走几步是一个大公园。公园大门金光闪闪，这儿应该是昔日王宫贵族的住地。不过，昔日的辉煌已经不在，建筑破败只留下残垣断壁，"时光荏苒，物是人非"。从公园另一侧大门出去，看见远处的大凯旋门，那里就是香榭丽舍大道。我们步行去大凯旋门搭乘地铁，信步观赏周边建筑，居然还看到了日本驻法国大使馆。

即将告别巴黎之际，我们终于来到位于 Nation 的民族广场（place de la Nation）。民族广场位于第十一区和第十二区交界，直径 252 米，面积 10300 平方米，四周有十条林荫大道通向四面八方。共和国女神的雕塑在广场环岛的中心，另一侧两根巨大的圆形柱子矗立在街心两侧，圆柱是 Ledoux 的作品，以前是收税的官卡。民族广场的前身是御座广场。1660 年，路易十四与其奥地利王后玛丽特蕾莎在圣让德吕兹（Saint-Jean de Luz）大婚，之后回到巴黎，为迎接他们进城，专门修建了这两根圆柱。

今日早早收兵回家，收拾行李，准备打道回府，明天回家啰！

● 巴黎民族广场

巴漂第 22 日　1月31日

告别巴黎，返回法兰克福。今日我们早上 7 时 40 分准时从住地出发，搭乘地铁 6 号线转 5 号线，到达巴黎火车东站。巴黎火车东站有饮水机供人取水饮用，每隔几米就有一个烤火装置供人取暖。这些设备以人为本，比法兰克福总火车站给人更多的便利。我们乘坐的列车 TGV 9551，9：06 发车，预计 12：58 到，历时不到 4 个小时。此时此刻，坐在宽敞明亮的车厢里，列车徐徐开动了……别了，巴黎！我还会再来！

历时 22 天的巴黎之行结束了，思绪万千，些许惆怅，些许不舍。这是我第五次来巴黎，如果算上法国南部海岸地区、斯特拉斯堡、安纳西等地，法国游已经近十次了。2013 年夏天，我们在法国南部地区待了 8 日，其他地方都是两三日，巴黎最长一次也就待了 6 日。无论停留时间长短，从来没有过离开时的惆怅和不舍。每次都是过客，都明白这不是第一次也不会是最后一次。但这次巴黎之行给我的感觉完全不同，甚至可以说是颠覆性的。

过去我常常跟人讲，巴黎可以看可以玩，那里是时尚之都、艺术之都，但不适合长居，因为巴黎的地铁永远是拥挤的，地铁上下都是走楼梯。相比

俯瞰巴黎

较，法兰克福地铁永远是空荡荡的，上下都是电梯直达。巴黎无论东西南北中哪个区，白天夜晚人来人往；而法兰克福除了采儿大街，东西南北中哪个区域都是人烟稀少。这次在巴黎住下来才发现，巴黎的地铁也不是永远都拥挤，非上下班高峰期或周六周日基本都可以找到座位，有些人站着不是没有座位，而是压根就不想坐。地铁有些线路比较拥挤，如4号线，总是有点人满为患的感觉；有些线路一般都不挤，如我们常乘坐的6号线，往返都能找到座位。

最关键的一点，巴黎到处是宝藏，转角就会遇见惊喜，你随便走到一个地方，拿手机查看Google Map就会发现周围有博物馆（巴黎国立博物馆上百，还有众多的私人博物馆），公园、广场、雕塑更是无处不在。巴黎博物馆除了常规展，还有许多大大小小的特展，让人如何不爱上巴黎、随时想来巴黎看展呢？要访大学，巴黎大学从第一大学排到第十三大学，还有若干所叫得上名叫不上名的公立私立大学、专科学院等等。网上有人说，我要到巴黎再读一次大学，我顿时也有了这样的冲动。这次来巴黎走过路过的医院不少，虽然没有走进去看看，单单大门外就能感觉到这儿的就医环境不错，完全没有成都医院门外人头攒动的景象。

巴黎逛街购物就更不用说了，国人耳熟能详的巴黎老佛爷百货商场里，从极高端的路易威登到中低品牌耐克、阿迪达斯……应有尽有，朋友给先生买了一套质量上乘做工精细的西服，打折价125欧，折算人民币不足1000元，国内价格最低也要翻两番。一般生活购物十分方便，无论是我们住过的第一套公寓还是第二套公寓，出门就是大型小型门类齐全的超市，各种食品店、蔬果点、鱼店、街边临时搭建的夜市早市，各种蔬菜水果和日用品也是应有尽有。这方面比我们在法兰克福的日常生活便利多了。在法兰克福我们几乎是有购买计划才去超市，在巴黎，晚间临睡前严先生还常说去超市转转。

● 塞纳河畔

● 圣雅各塔

前几天，严先生就说想家了，想法兰克福的家，想成都的家。我呢？完全没有往常出门结束旅游时想回家的感觉，倒是觉得还没有看够还没有玩够。已经二十来天，毕竟不是我一个人来巴黎，还是要照顾一下同行人的感受。所以，该看的美术展还有一些没有看到，如蓬皮杜艺术中心正在进行的"立体主义"画派特展，欧仁·德拉克洛瓦美术馆也是我想看而没有看到的；那日与朋友去蓬皮杜艺术中心和毕加索美术馆也是走马观花，没有时间静下来细细品味大师佳作，有些遗憾。

列车在飞速运行中，窗外白雪皑皑，思绪在飞……

巴漂完结篇

从出发去巴黎到返回法兰克福,共计22天,每日功课记录的大多是看的玩的,似乎还缺少一些什么,想了想,那就是还该说说吃住行。

先说吃,中国人常说"民以食为天"。那天我们在卢浮宫外解决午餐时,曾谈到这个话题,当年国人见面就问"你吃了吗?"说明食品匮乏,人们的关注点就在吃,有吃万事足!现在不同了,见面不见面常问:"你在哪里玩?又去哪儿玩了?"但是,无论在哪儿去哪儿,首先要解决的问题还是吃。我们这次是在"爱彼迎"网站上订的民宿,首要条件就是能够做饭。时间长,不可能天天都在街上吃麦当劳、肯德基,法餐更是吃不起也不太吃得来,中国人的胃一般都不太适合西方冷的油腻的食物。

我们订的都是一室一厅带独立厨房、卫生间的套房。第一套房——56 Rue Daguerre,法兰西岛(le-de-France)75014,位于巴黎十四区。出门一条街几乎全是卖吃的,大小面包店、蔬菜水果店、大小超市、咖啡店、饭店一个挨一个,特别适合喜欢夜生活的年轻人,也适合凤妹儿这类香香嘴儿游客。第二个民宿——242 Rue de Charenton Immeuble au fond de la cour, 法兰西岛（Ie-de-France） 75012，位于巴黎第十二区。楼下就是一个半成品冷冻肉类菜蔬的专卖店，街对面是一个法国连锁超市，提供从买衣服到家居用品、食品一条龙服务，大街两边一周有几天早市夜市，各种吃的用的应有尽有，生活方便至极。22天里，我们也在外面吃过麦当劳、中餐、面包、咖啡、巧克力等等，法棍面包也是必不可少，但主打还是自己做中餐，新鲜三文鱼二十来欧一公斤，买来就沾生抽、芥末生吃；大虾十几欧一公斤，开水一煮就好了；新鲜海鱼配上姜、葱、蒜下锅一炒，放点生抽焖一下，美味可口无与伦比。超市都可以买到米，1000克装、500克装的都有。

● 街头建筑

这两个民宿地除了生活特别方便外,出行也十分方便。第一套房离地铁站6号线、4号线、13号线都比较近,走路几分钟。第二套房离地铁6号线、8号线也是几分钟路程。两套房无论卧室、客厅,还是厨房,墙上都挂有艺术作品。第一家住房卧室门上居然还有一幅20世纪30年代中国海报画,严先生说这是文物,兴许还值点钱呢!看看法国人有多浪漫!第二家住房卫生间蹲位正对着《蒙娜丽莎永恒的微笑》。

说了吃住,再说行。巴黎地铁大约14条线,还有RER(ABCB)四条线,基本是四通八达无死角抵达任何你想去的地方,除个别如枫丹白露要搭乘汽车前往。我们基本上只转一次车,就可以抵达想去的任何地方。当然有时要

● 夜幕下的塞纳河

兜个圈转一点路，不过我们也不赶时间，在地铁上坐着看风景也是一种旅游体验。建议长距离最好搭乘RER，每一站距离比较长，节约时间，短距离搭乘地铁，方便快捷。单次票1.9欧从（限用于巴黎三区内），一个半小时内无限制转车。可购买3日票、5日票，但没有月票。我们买十次票，14.48欧，每次1.48欧，比1.9欧节约一点。不过有时一天要用五六张单次票，甚至更多，这种情况最好买天票。我们2016年来巴黎就购买5日天票，很划算。总而言之，交通支出是一笔不菲的费用！

最后说一下博物馆票，这是巴黎旅游最大的一笔开支。巴黎博物馆分公立和私立两种，公立博物馆可以买通票，有1天票、2天票、4天票、6天票

四种，我们购买 4 天票 62 欧 / 人，6 天票 74 欧 / 人。通票顾名思义就是在规定时间内无限制进入各大公立博物馆，大凯旋门以及巴黎圣母院登顶的费用也包括在内。这对于一天之内要进入多个博物馆打卡游的人来说再合适不过了，节约不少钱，至少一天去两个以上博物馆就是赚了，而且持通票不用排队，走另一快速通道。但如果像我们在卢浮宫待一天七八个小时的，最好单次购票，15 欧 / 人，一天之内无限制进入。私人博物馆不涵盖在通票之列，都要自行购票进入，适合慢慢走慢慢看。私人博物馆适合小众群体游客，根

○ 玛丽娜教堂

据你的特别爱好选择特别的博物馆观看。如我们去过的玛摩丹博物馆、雅克马尔·安德烈博物馆、让·雅克·亨纳博物馆都是私人博物馆，看到的展品也是很独特的。

最后还想说点题外话。每次到巴黎，看着巴黎各种保存完好的古建筑，情不自禁就要想到二战。德国是二战的发动国，因为一个魔鬼领导人希特勒，把德国的古建筑摧毁殆尽，法兰克福的建筑90%以上是二战后重建的，柏林、德累斯顿这些城市几乎就是100%重建的。难得保存完好的科隆大教堂、海德堡，都是因为某些盟军战士官员额外开恩的缘故。而法国的古建筑，本来有可能被全部摧毁的，因为当时的法国总统宣布投降，故保全了珍贵的卢浮宫、凡尔赛、奥赛、埃菲尔铁塔……无数稀世珍宝。如果法国不投降，结果呢？法国总统功过是非谁人评说。曾经读到一篇文章，标题是"二战法国投降是无耻但理性的选择"，现在想来不无道理。

再说说最近世界人民共同关注的巴黎"黄马甲"抗议政府运动。来巴黎之前，各种媒体铺天盖地的报道，看得人心惶惶，到底还去不去巴黎？也不是没有考虑过打退堂鼓。来了巴黎，发现一切都是杞人忧天，巴黎凯旋门完好无损，我们两次登顶，一切如旧。大街小巷商店照常营业，购销两旺，整座城市仍然热情洋溢，充满阳光。

巴黎还是过去的巴黎，浪漫时尚；巴黎人民仍然是过去的人民，热情善良。我们相信巴黎的明天会更好！

● 法国美食集锦

● 塞纳河畔

图书在版编目（CIP）数据

画游巴黎 / 易平凡著. -- 成都：成都时代出版社，2019.11

ISBN 978-7-5464-2516-0

Ⅰ. ①画… Ⅱ. ①易… Ⅲ. ①游记 – 作品集 – 中国 – 当代 Ⅳ. ① I267.4

中国版本图书馆 CIP 数据核字（2019）第 228269 号

画游巴黎
HUAYOU BALI

易平凡 ◎ 著

出 品 人	李若锋
责任编辑	张　旭
责任校对	周　慧
装帧设计	成都九天众和
责任印制	李茜蕾

出版发行	成都时代出版社
电　　话	（028）86621237（编辑部）
	（028）86615250（发行部）
网　　址	www.chengdusd.com
印　　刷	成都博瑞印务有限公司
规　　格	155mm×230mm
印　　张	10.75
字　　数	120 千
版　　次	2019 年 11 月第 1 版
印　　次	2019 年 11 月第 1 次印刷
书　　号	ISBN 978-7-5464-2516-0
定　　价	46.00 元

著作权所有·违者必究

本书若出现印装质量问题，请与工厂联系。电话：（028-85951708）